dtv
premium

Ausführliche Informationen über
unsere Autoren und Bücher
finden Sie auf unserer Website
www.dtv.de

Philippe Besson

Venice Beach

Roman

Aus dem Französischen
von Caroline Vollmann

Deutscher Taschenbuch Verlag

Von Philippe Besson
sind im Deutschen Taschenbuch Verlag erschienen:
Eine italienische Liebe (24423)
Sein Bruder (24455)
Brüchige Tage (24530)
Nachsaison (24597)
Einen Augenblick allein (24663)
Ein Abschied (24750)
Zeit der Abwesenheit (13629)

FSC
www.fsc.org
MIX
Papier aus verantwortungsvollen Quellen
FSC® C019821

Deutsche Erstausgabe 2012
edition manholt im dtv
Deutscher Taschenbuch Verlag GmbH & Co. KG,
München

Titel der französischen Originalausgabe:
›Un homme accidentel‹
Für die deutschsprachige Ausgabe:

Umschlagkonzept: Balk & Brumshagen
Umschlaggestaltung: Wildes Blut, Atelier für Gestaltung,
Stephanie Weischer unter Verwendung eines Fotos
von plainpicture/Emma McIntyre
Gesetzt aus der Stempel Garamond 10,5/13,5˙
Satz: Greiner & Reichel, Köln
Druck und Bindung: Kösel, Krugzell
Gedruckt auf säurefreiem, chlorfrei gebleichtem Papier
Printed in Germany · ISBN 978-3-423-24902-7

für Alexandre Liège

Das heimliche Motiv unserer Handlungen, und ich meine: der entscheidendsten, entzieht sich unserer Einsicht; nicht nur in der Erinnerung, die wir davon bewahren, sondern auch im Augenblick des Handelns selbst. Auf der Schwelle dessen, was man Sünde nennt, zögerte ich da noch? Nein.

André Gide
Stirb und werde
(Si le grain ne meurt)

One more chain I break, to get me closer to you.

Rufus Wainwright
The Maker Makes

Heute früh geht es mir etwas besser als an den Tagen zuvor: Heute Nacht habe ich von ihm geträumt. Von Jack Bell. Dem Idioten von Jack Bell. Ich bin mit der Erinnerung an sein Gesicht aufgewacht. Das war unglaublich sanft.

In meinem Traum lächelte Jack. Obwohl er eher verschlossen war. Ich habe kurz die Zeit auf der Flüssigkristallanzeige des Radios abgelesen und mechanisch auf den Einschaltknopf gedrückt. Und schon hörte ich die martialische Stimme von George Bush, der sich einmal mehr dazu beglückwünschte, die Truppen Saddam Husseins in sechs Wochen vernichtet zu haben. Jacks Lächeln hat sich verflüchtigt.

Und dann sagte die Moderatorin, ehe sie die Werbung startete, mit der gelangweilten Stimme einer Stewardess: »Sie hören Sky One, heute ist der siebzehnte Juni 1991, es ist acht Uhr fünfzehn, die Temperatur beträgt 19 Grad, ich wünsche Ihnen einen wunderschönen Tag.« Ich habe gedacht: Das ist ein Jahrestag. Vor genau einem Jahr lernte ich Jack kennen. Man könnte meinen, unsere Träume verdanken sich nicht dem Zufall.

Durch das Fenster des Zimmers habe ich das leichte Junigrau beobachtet. In dieser von Helligkeit erschlagenen

Stadt, wo der Himmel ständig von der Seeluft des Pazifik klargespült wird, sind die Morgenstunden um diese Jahreszeit merkwürdig nebelverhangen. Ich habe mich immer gefragt, warum, aber ich habe die Frage nie jemandem gestellt. Zweifellos ein banales meteorologisches Phänomen. Ich bin nicht so neugierig. Und ich würde das Wetter auch nicht ändern können.

Idiot von Jack Bell.

Ehrlich, als ich ihm das erste Mal begegnet bin, habe ich nicht geahnt, dass er mein Leben aus den Angeln heben würde. Und doch, wenn ich den Film noch einmal vor mir ablaufen lasse, sage ich mir, dass es einem in die Augen sprang: Dieser Typ führte Katastrophen im Schlepptau mit sich. Klar, auf den ersten Blick sah man nur diese Engelsvisage, das Auftreten eines Tunichtguts. Und dann seine Jugend, die bereits einem kaputten Spielzeug glich.

Ich wusste, wer er war. Alle wussten es. Man brauchte nur einmal in seinem Hundeleben eine Illustrierte aufgeschlagen zu haben. Die Journalisten erklärten in jeder Spalte, er sei durch die Hölle gegangen, und der Bursche wiederholte es selbst in jedem Interview. Wie hätte ich ahnen sollen, dass er mit der Geschwindigkeit eines galoppierenden Pferdes zur Hölle zurückkehren würde? Oder vielmehr: Wie hätte ich ahnen sollen, dass er mich dorthin mitziehen würde?

Ich war nur ein unbeschriebenes Blatt. Nur ein Bulle, der seine Arbeit korrekt machte. Ich hatte diesen Job nicht aus Berufung gewählt, man soll nichts übertreiben. Aber wenn man schon einen solchen Job macht, dann wenigstens gewissenhaft. Ich war in den vornehmen Wohnvierteln eingesetzt worden, auf den Höhen der Stadt. Beverly Hills bringt viele Menschen zum Träumen. Mich hat die Glitzerwelt nie wirklich interessiert, aber ich habe die schillernde Umgebung den ärmlichen Stadtrandgebieten vorgezogen, in denen sich die Jungs jede Nacht herumprügeln. Unter den Palmen und auf den geraden, von Gärtnern gepflegten Avenuen riskiert man seine Haut weniger als in den Elendsvierteln voller Spritzen und Revolvermündungen. Ich habe nicht das Zeug zu einem Helden, ich habe niemals zu beweisen versucht, dass ich ein knallharter Bursche bin. Die Gangsterbanden überlasse ich denen, die sich daran aufgeilen.

Kurzum, ich führte ein ruhiges Leben. Erst als ich dreißig war, schlug der Blitz bei mir ein. Angesichts dessen, was darauf folgte, könnte man denken, ich würde dieser Ruhe, dieser Windstille vor dem Sturm nachtrauern. Das wäre ein Irrtum. Gewiss, ich war nicht auf die Turbulenzen vorbereitet, aber heute würde ich mich auf die Knie werfen und darum flehen, erneut vom Blitz getroffen zu werden.

Stellen Sie sich das Ende des Wilden Westens vor, die Kapitulation der Wüste, eine ungezähmte Natur, die am Fuß von Beton, Backstein und Glas scheitert und stirbt.

Stellen Sie sich ein Geflecht von Highways vor, ähnlich Fangarmen, die eine Metropole umzingeln und durchstoßen und sich zu Autobahnen und Boulevards verengen. Adern, die ein krankes Herz versorgen.

Stellen Sie sich eine unendliche Ausdehnung vor, mehr als fünfzig Meilen, ohne Zentrum und, außer in Downtown, mit wenigen Wolkenkratzern. Holzhäuser, grüne oder gelb verfärbte Anlagen, Wohnblocks, eine Stadt in der Horizontale, das genaue Gegenteil von New York City.

Stellen Sie sich einen ununterbrochenen Verkehr, eine unaufhörliche Bewegung vor. Und, um das Einerlei zu unterbrechen, von Zeit zu Zeit Erdstöße, Überschwemmungen, Feuersbrünste oder Krawalle.

Stellen Sie sich vierzehn Millionen Frauen und Männer vor, gegen einen Ozean gedrängt, in Erwartung des großen Erdbebens, an das sie nicht glauben.

Willkommen in L. A.

Im Grunde ist es nichts anderes als ein gigantisches Puzzle. Man setzt die Teile zusammen, und schließlich wird eine Stadt daraus. Aber keines der Teile gleicht dem anderen. Ich weiß nicht, durch welches Wunder sie sich ineinanderfügen, aber ich versichere Ihnen, sie tun es. Manchmal muss man allerdings auch etwas nachhelfen.

Ich bin hier mit vierzehn Jahren gelandet, als meine Eltern sich scheiden ließen und ich meiner Mutter folgte. Bis dahin hatte ich immer in Bodega Bay gelebt. Sie kennen Bodega Bay, ohne es zu wissen. Sie haben *Die Vögel*, den Film von Hitchcock, gesehen. Dort verbrachte ich meine Kindheit. Den Pazifik vor Augen. Hinter der Felsenküste. In einem weißen, mit einer amerikanischen Fahne geschmückten Haus an der Hauptstraße. Das war die Kindheit, als sie noch dem Glück glich. Dann starb ein kleines Mädchen; meine Schwester. Und alles ist aus den Fugen geraten. Der Kummer hat sich über unsere Familie gelegt, hat sie mit einer Hülle umgeben. Mein Vater hat sich vor Kummer verzehrt, verbraucht wie eine Kerze. Manchmal sind die Männer die zerbrechlichsten. Meine Mutter hat, so gut sie konnte, versucht, damit fertigzuwerden. Eines Tages wurde ihr klar, dass ihr Mann nichts anderes tat, als sie mit sich in den Abgrund zu reißen. Nachdem sie jahrelang seine Hand festgehalten hatte, damit er nicht, von der Traurigkeit verschlungen, verschwände, entschloss sie sich, die Hand loszulassen. Sie ist gegangen. Sie hat mich mitgenommen. Mein Vater ist im Jahr darauf gestorben. Er verfehlte auf der Straße von Bodega Bay nach Leggett, einer serpentinenreichen Straße, eine Kurve. Ich glaube nicht, dass es ein Unfall war, und meine Mutter auch nicht, aber wir reden nicht darüber. Wir sind nach Los Angeles gezogen, weil es dort Arbeit gab. Heute führt meine Mutter ein kleines Hotel am Strand von Venice Beach. Es läuft gut für sie. Die Touristen kommen in großer Zahl, sie hat nicht zu klagen. Sie versichert, sie habe ihr Leben wieder in Ordnung gebracht, man könne sein Leben wieder in Ordnung bringen. Ich weiß, dass sie jeden Tag, den Gott macht, an das tote Kind denkt und an den Mann, der in einer Haarnadelkurve ins Leere schleuderte. Aber vielleicht sollte ich ihr trotz allem Glauben schenken. Auch ich werde daran denken müssen, es wieder in Ordnung zu bringen, mein Leben, jetzt, wo es vollkommen ramponiert ist.

Ich bin dreiundzwanzig Jahre alt gewesen, als ich Laura geheiratet habe. Ich hatte sie im Hörsaal der Universität kennengelernt. Sie hatte mich angelächelt. Ich habe zurückgelächelt. Mein Lächeln war wahrscheinlich etwas kläglich. Ich war nicht besonders geschickt im Umgang mit Mädchen. Ich verstand nicht, wie sie funktionierten. Ich habe es nie verstanden.

Ich hatte schon Affären vor ihr. Abenteuer, die nicht lange dauerten. Flirts für einen Abend. Ich erinnere mich an ungeschickte Umarmungen. Man versicherte mir dennoch, ich sei ein hübscher Junge. Ich wusste nicht genau, was das bedeutete. Ich habe es erst an dem Tag verstanden, als Jack es mir sagte. In jenem Moment hätte er sagen können, was er wollte, ich hätte es geglaubt.

Nun, ich war nicht sehr gesprächig. Das habe ich von meinem Vater. Er war ohnehin nicht sehr redselig. Und nach dem Tod meiner Schwester ist es noch schlimmer geworden. Er ist buchstäblich in seiner Stummheit versunken. Er verständigte sich nur noch durch Laute. Er antwortete kaum mehr auf unsere Fragen, so dass wir ihm immer seltener welche stellten. Ich nehme an, das war eine Form von Autismus. Er hat sich von der Welt abgeschnitten. Das Einzige, was ich von ihm geerbt habe, ist sein Schweigen. Seine Zurückhaltung. Man erbt, was man kann.

Die Mädchen wollen, dass man mit ihnen redet. Gewiss, nicht alle. Aber doch die meisten. Sie wollen, dass man sich für sie interessiert, dass man Gespräche führt, für solche Dinge war ich nicht begabt. Sehr schnell langweilten sie sich. Eines schönen Morgens ließen sie mich sitzen, leicht gekränkt, leicht enttäuscht. Ich war nicht wirklich ärgerlich und auch nicht überrascht. An ihrer Stelle hätte ich es genauso gemacht.

Laura hat mich nichts gefragt. Sie hat gleich gesehen, dass ich keiner bin, der aus sich herausgeht. Ich bezweifle, dass sie diese Schüchternheit verführt hat. Tatsächlich hat sie mit sich selbst die Wette abgeschlossen, dass es ihr gelingen werde, mich zu heilen. Und sie hat sich gar nicht so sehr getäuscht. Ich verdanke ihr, dass meine Ungeselligkeit abgenommen oder, wenn man dies vorzieht, dass meine Geselligkeit zugenommen hat. Vor ihr habe ich kein Wort gesprochen, wenn ich bei Leuten zum Essen eingeladen war. Dank ihr ist es mir gelungen, einige Sätze hervorzubringen.

Ich muss gestehen, dass ihre ganze Familie mitgeholfen hat. Eine italienische Familie, genau wie man sie sich vorstellt: warmherzig, vereinnahmend, lärmend, exzentrisch, in der alle Neapel nachtrauerten, als hätten sie die Stadt am Abend zuvor verlassen, während sie doch mindestens so amerikanisch waren wie ich. Eine verrückte und herzliche Sippe, bar jeder Bosheit. Diese Menschen haben mir meine unbeschwertesten Jahre beschert.

Seit den Geschehnissen habe ich sie nicht wiedergesehen. Denken sie etwa, mit dem Sinn für Ehre und Loyalität, den ich an ihnen kenne, dass ich sie verraten habe? Oder sollten sie bereit sein, mir zu verzeihen, unfähig zu kleinlichen Gefühlen, wie sie sind? Ich glaube, leider, dass es über ihre Kräfte geht, die Verletzung einer Frau zu entschuldigen, ein Vergehen, das noch schlimmer ist, wenn es sich dabei um die eigene Tochter handelt. Und ich akzeptiere das. Ich akzeptiere es vollkommen. Auf jeden Fall bitte ich nicht um Verzeihung.

In Beverly Hills ereignet sich fast nie etwas. Ich will damit sagen: Für einen Polizisten ist es ein recht ruhiges Pflaster. Wer käme schon auf die unsinnige Idee, in von Muskelpaketen streng bewachte Häuser einzudringen, die rund um die Uhr von Kameras gefilmt werden und deren Mauern manchmal von Glasscherben oder Stacheldraht bekrönt sind, um Einbrecher abzuschrecken, und das in einem Viertel, dessen Straßen mit einem flächendeckenden Netz von Privatwachleuten überzogen sind? Man müsste wirklich verrückt sein, wenn man das Risiko einginge, in dieser Gegend das Gesetz zu brechen. Man könnte sicher sein, dass der Coup misslänge und man im Knast landete oder von den Wachmännern zusammengeschlagen würde, die nicht zögern würden, ihre eigenen Vorstellungen von Gerechtigkeit umzusetzen. Die einzige Beschäftigung der Polizeikräfte besteht im Grunde darin, aufdringliche Besucher wie Fans, die aus Sensationslust versuchen, ihrem Idol zu nahe zu kommen, fernzuhalten oder Touristen zu zerstreuen, wenn sie auf die unpassende Idee kommen, in Scharen aufzutreten. Die Aufrechterhaltung der Ordnung erfordert keine übermenschliche Anstrengung. Man sagt, Polizisten, die hier den Dienst versehen, seien entweder Beamte, die wenige Monate vor dem Ruhestand stehen und denen damit eine letzte Ehre erwiesen werde, oder Drückeberger. Ich war weder das eine noch das andere.

Ich bin dort mehr oder weniger zufällig hingeraten: Man suchte einen etwas jüngeren Inspektor, frisch von der Akademie, der in die Umgebung passte. Die Wahl ist auf mich gefallen. Eine solche Chance schlägt man nicht aus.

In den ersten Monaten habe ich mich damit begnügt, Papierkram zu erledigen, eintönige und langweilige Streifen zu begleiten, der Presse und dem Lokalfernsehen Rede und Antwort zu stehen und mich um schäbige kleine Diebstähle zu kümmern, Dinge, die mehr als einen abgeschreckt hätten. Aber ich habe es Ihnen schon gesagt: Ich legte keinen besonderen Wert auf Schlägereien oder auf Glanzleistungen. Ich kenne viele Polizisten, die die Auseinandersetzung suchen, die Kontrollen in den Rotlichtvierteln, das Ansteigen des Adrenalinspiegels, die gewaltsamen Festnahmen, den gewagten Coup. Sie erklären, sie seien Diener der Gerechtigkeit, sie hätten diesen Beruf gewählt, um die Stadt zu säubern und den Bürgern einen ruhigen Schlaf zu garantieren. Ich glaube, dass sie vor allem Probleme mit ihrem Ego regeln oder dass sie zu viel Zeit in Videoclubs verbracht haben. Ich war anders veranlagt. Eigentlich waren die Rollen gut verteilt.

Vielleicht haben mich meine Vorgesetzten deshalb gewählt: Man ahnte, dass ich keinen besonderen Ehrgeiz entwickeln und keinen Zwischenfall provozieren würde, dass ich in der Lage wäre, der Langeweile Widerstand zu leisten, und dass ich mich auf dem Foto gut ausnähme.

Nein, in Beverly Hills ereignet sich fast nie etwas. Wenn man daher in den frühen Morgenstunden eine Leiche auf dem makellosen Rasen neben dem Crescent Drive entdeckt, sorgt das für Aufregung, das können Sie mir glauben.

Ich hatte in dieser Nacht Dienst. Der Morgen zog allmählich herauf, jene blauen Stunden, in denen ein überfülltes Café an der Straßenecke die Rettung vor dem Zusammenklappen ist oder das zerknitterte Gesicht eines Brötchenverkäufers so etwas wie die Brüderlichkeit der Fußkranken zeigt. Franck McGill redete über alles und nichts mit mir, über seine Frau, die ihm auf die Nerven ging, seine Kinder, die sich schlecht entwickelten, seine Schwiegermutter, die diese mit widerwärtigen Sahnetorten überhäufte, und über das unmögliche Leben, in das man sich manchmal, ohne es selbst zu wissen, einsperren lässt. Der kleine Bishop hat uns informiert, dass ein Notruf eingegangen sei.

Als wir an Ort und Stelle eintrafen, hatten die Kollegen schon alles abgeriegelt. Der Schauplatz des Verbrechens war durch ein Ballett von Blaulichtern eingekreist. Absperrungen waren errichtet worden, um die Neugierigen auf Distanz zu halten und zu verhindern, dass dem legendären Scharfblick der Polizei wertvolle Indizien entgingen. McGill ging hinter mir, ich hatte den höheren Grad von uns beiden. Ich versuchte, das passende Gesicht aufzusetzen: selbstsicher wie ein Vertreter der Staatsgewalt, bemüht wie jemand, der gleich eine Leiche in Augenschein nehmen wird, und leicht gelangweilt wie ein Typ, der schon mehr Leichen gesehen hat. In Wirklichkeit bekam ich es mit der Angst zu tun. Und ich baute darauf, dass denen, die mich erwarteten, aufgrund der durchwachten Nacht meine Unsicherheit nicht zu sehr auffiele.

Ich begrüßte die Uniformierten, schüttelte Hände, stellte Routinefragen. Um wie viel Uhr hatte man den Toten entdeckt? Wer? War es dieselbe Person, die uns alarmiert hatte? Was hatte man bisher mit Sicherheit ermittelt? Man hat mir eine Frau mit Lockenwicklern im Morgenrock gezeigt. Nicht der *Look* von Beverly Hills. Man flüsterte mir ins Ohr: »Es ist die Putzfrau vom Crescent Drive 425. Sie hat die Leiche gesehen, als sie die Abfälle herausbrachte. Sie hat sofort angerufen. Wir waren in weniger als fünf Minuten hier. Es ist nichts berührt worden. Man hat Fotos und die üblichen Vermessungen gemacht. Wir haben auf Sie gewartet.«

Ich ging zu dem Toten hin, der auf dem Bauch lag. Ich habe sein Gesicht, das leicht zur Seite in meine Richtung gedreht war, gesehen, seine geöffneten Augen, das Blut, das aus seiner Schläfe geflossen war. Ich habe seine Jugend gesehen. Ich betrachtete ihn genau: Converse-Turnschuhe, eine zerschlissene Jeans von Lee Cooper, ein weißes T-Shirt, das vom Sturz schmutzig war, vielleicht von einer Schlägerei, ein breites Lederarmband am rechten Handgelenk, die Handfläche nach oben gedreht. Ich bin zum Gesicht zurückgekehrt. Zu den offen stehenden Augen und dem geronnenen Blut an der Schläfe. Ich ordnete an, man solle den Körper vorsichtig umdrehen. Das T-Shirt war an der Vorderseite blutgetränkt, das frisch geschnittene Gras hatte grüne Spuren hinterlassen. Der Tod lag erst kurze Zeit zurück. Augenscheinlich weniger als eine Stunde. Der Schlag gegen die Schläfe war zweifellos tödlich gewesen. Man würde feststellen müssen, womit er ausgeführt worden war.

Durch wen und warum, das war eine andere Sache.

Der Krankenwagen wartete hinter der Absperrung, überflüssigerweise, denn für heute gab es niemanden zu retten. Der Typ würde im Leichenschauhaus enden. Ehe man ihn sezierte. Um die Leiche zum Sprechen zu bringen.

Es ist kein schönes Ende, sein Leben gegen fünf Uhr morgens, über eine Wiese von Beverly Hills taumelnd, neunzehnjährig, mit blutüberströmtem Gesicht, zu beschließen. Nein, kein schönes Ende. Billy Greenfield hatte bestimmt von etwas anderem geträumt.

Bestimmt hatte er auch nicht davon geträumt, in der Nähe der Western Avenue, Ecke Hollywood Boulevard, auf den Strich zu gehen. Aber wenn man einen schönen Hintern, eine schöne Visage und pro Tag, an dem man auf den Strich geht, dreiundsechzig Dollar in einer Schuhschachtel hat, entdeckt man sehr schnell, dass das Straßenpflaster eine Möglichkeit wie jede andere ist, zurechtzukommen.

Mit der Zeit entdeckt man auch, dass man seine Einnahmen durch den Zwischenhandel mit Stoff aufbessern kann. Billy Greenfield war ein Jugendlicher, der zu rasch und ohne Orientierung herangewachsen war. Ein kleiner Tunichtgut. Kein Dreckskerl, auch kein Gangster. Nur ein verirrter Junge, der vergeblich versuchte, seinen Weg zu finden.

Unsere Dienststellen kannten ihn. Er hatte einige Nächte auf der Wache verbracht. Und einige andere im Knast. Er war dort nie sehr lange geblieben. In den Gefängnissen von Kalifornien herrscht häufig Platzmangel. Und es tauchen immer Kandidaten auf, die wichtiger sind. Es hat den Anschein, als drängle man sich vor den Toren.

Ich glaube nicht, ihm jemals begegnet zu sein. Ich habe Dutzende andere gesehen, die ihm glichen, die aussahen wie er, mit hautnahen Jeans über den mageren Beinen, engen T-Shirts, angeschwollenen Venen, ausgemergelten Gesichtern, tödlichen Krankheiten. Männliche und weibliche Prostituierte waren eine der wenigen Beschäftigungen unseres Polizeipostens.

Ich erinnere mich an Carter Banks, Zack Fulham, Melissa Porter, Dorothy Driscoll. Keiner von ihnen war älter als zwanzig. Und alle hatten ihr Familienstammbuch verbrannt. Es ist erstaunlich, wie schnell man sich an solche Situationen gewöhnt. Man glaubt, es drehe uns den Magen um oder wecke unsere Empörung. Man stellt sich vor, man versuche, sie auf den rechten Weg zurückzubringen, diese verirrten Schafe. In Wirklichkeit kapituliert man fast sofort. Nach sechs Monaten hatte ich jede Hoffnung aufgegeben. Sie waren zu Namen in einer Kartei geworden, zu regelmäßigen Begegnungen, zu erwarteten Niederlagen, gemeinem Abschaum, voraussehbaren Leichen.

Ich hätte Billy Greenfield nicht gerettet, wenn ich seinen Weg früher gekreuzt hätte. Ich habe im Übrigen nicht einen von ihnen gerettet. Und das ist für mich keine Gewissensfrage.

Leider hatte Billy Greenfield die abgeschmackte Idee, sich in einer Nacht, in der ich Dienst hatte, ermorden zu lassen. Ich werde nicht darum herumkommen, mich mit seinem Fall zu befassen.

Ich rief Laura an jenem Morgen an und sagte ihr, sie solle mich nicht zum Frühstück erwarten. Ich hatte sie aufgeweckt, ihre Stimme klang noch ganz verschlafen, wie ein leichtes Muhen. Wenn Lauras Stimme sich so dehnt, wenn sie sich so eigenartig dahinschleppt, ist sie umwerfend, Sie können sich das nicht vorstellen.

Ich erzählte ihr, dass ein Toter aufgefunden worden war, ohne ins Detail zu gehen. Man möchte seinen Tag gern anders beginnen als mit einer solchen Geschichte. Sie schien nicht überrascht zu sein. In Wirklichkeit war sie noch im Halbkoma. Meine Worte gelangten nur gedämpft und abgeschwächt zu ihr. Manchmal gibt es eine leichte Abweichung zwischen dem, was man ausspricht, und dem, was die Leute hören. Und die Dinge verlieren erheblich an Bedeutung.

Ich sagte: »Ich weiß nicht, wie lange es braucht, warte nicht auf mich, wir werden uns heute Abend sehen.« Ich erinnere mich: Ich legte eine große Sanftheit in meine Worte, ich wollte Laura nicht schroff behandeln, ich wandte mich an sie wie an jemanden, der sich gerade aus einem Trauma befreit hatte. Ich fühlte, sie war weit weg. Und friedvoll.

Trotzdem hat sie, gleich nachdem ich auflegte, zurückgerufen. Und es war, als ob sie schlagartig aus den Tiefen aufgetaucht, wieder an die Oberfläche gekommen sei. Sie sagte: »Ich habe gespürt, wie sich das Baby in meinem Bauch bewegte, heute früh gegen drei Uhr.« Und nur von dieser Beschwörung wurde ich weich. In meinem Gesicht hatte ich eine Nacht ohne Schlaf, in meinen Armen einen Leichnam, auf meinen Schultern die ganze Müdigkeit der Welt, aber ich bemühte mich durchzuhalten. Und nun, plötzlich, versagten meine Knie, ich setzte mich auf den Schreibtischrand, ich hatte Lust zu weinen.

McGill hat mir einen kurzen Blick zugeworfen. Er war erstaunt über diese plötzliche Erschöpfung. An meinem Gesichtsausdruck erkannte er, dass ich keine schlechte Nachricht erhalten hatte. Er hätte sich gern über mich lustig gemacht, da bin ich mir sicher, aber er hat gesehen, dass ich sehr gerührt war, und sich deshalb zurückgehalten.

Laura fügte hinzu: »Ich hätte es so gern gehabt, du wärest da gewesen.« Ihr Tonfall war nicht vorwurfsvoll. Überhaupt nicht. Im Gegenteil, sie hat Tonnen von Liebe hineingepackt. Sie hätte es so gern gehabt, dass wir diesen Moment geteilt hätten. Dass ich meine Hand auf ihren Bauch gelegt hätte. Sie fühlte sich ein wenig privilegiert, ein wenig egoistisch.

Ich flüsterte ihr zu, dass ich sie liebe. Dieser Satz ist mir eingefallen. Ich gebrauchte ihn nicht oft. Manchmal ist man überwältigt, die Worte entschlüpfen einem, ohne dass man sie ruft. Und warum auch nicht? Man hat doch das

Recht, sich gehen zu lassen. McGill hat den Kopf abgewandt, die Unterhaltung wurde ihm zu intim.

Ehe ich auflegte, sagte ich noch: »Pass auf dich auf.« Und in diesen einfachen Worten lag alles, was wir einander waren.

Ich schaute aus dem Fenster. Der Himmel war milchig. Die riesigen Palmen entlang der Avenue zitterten. Vom Meer wehte eine leichte Brise herüber. Aber bald würde es klar werden. Ich kannte diese zögerlichen Morgen zur Genüge, die strahlende Tage einleiteten.

McGill stellte einen mit dampfendem Kaffee gefüllten Becher für mich auf die abgewetzte Holzplatte des Schreibtischs und setzte seinen an die Lippen. Ich schätzte seine Diskretion und seine Freundlichkeit. Er war älter als ich, aber die Qualifikation hatte mich zum Vorgesetzten gemacht. Er hatte die untergeordnete Stellung akzeptiert, ohne sich dagegen aufzulehnen. Er war keiner, der die Ordnung der Dinge in Frage stellte. Er respektierte die Dienstgrade. Und ziemlich rasch hatte er eingesehen, dass ich kein schlechter Polizist war. Wir verstanden uns gut, er und ich.

Wir sind die Vorgeschichte des Opfers noch einmal durchgegangen. Prostitution, Handel mit Shit, ein bescheidenes Strafregister. McGill sagte mir, dass wir noch vor Ende des Tages die Ergebnisse der Autopsie erhalten würden. Er versprach sich davon keinerlei neue Erkenntnisse. Man würde uns bestätigen, dass der kleine Greenfield mit einem stumpfen Gegenstand am Kopf getroffen worden war und der Tod infolge der Verwundung ungefähr gegen vier Uhr morgens eingetreten sei. Er hoffte lediglich, dass uns Fingerabdrücke wertvolle Indizien liefern würden, auch wenn zu vermuten stand, dass sich nicht wenige Hände an diesem Körper, an diesen Kleidern zu schaffen gemacht hatten. Prostituierten mangelt es buchstäblich nicht an Verkehr.

Ich hatte nicht das Gefühl, McGill sei besonders beunruhigt. Iren sind im Alter von fünfzig Jahren, auch wenn sie sich in ihrer Jugend manchmal sehr impulsiv verhalten haben, häufig gelassen und zuversichtlich. Er schlug nicht aus der Art. Mit seinem schleppenden Tonfall wiederholte er: »Die Bösewichte werden am Ende immer erwischt.« Er hatte nicht ganz Unrecht. In diesem Fall baute er darauf, dass die zahlreichen Überwachungskameras, die an den Fassaden und den Zäunen der Villen des Boulevards angebracht waren, uns einen eindeutigen Schuldigen liefern würden. Er sollte sich nicht verrechnen. Und wer weiß, ob sich nicht auch noch unaufgefordert Zeugen melden würden, die uns erzählten, was sie gesehen hatten. Es reichte aus, geduldig zu warten.

Ich teilte seinen Optimismus nicht. Dennoch war etwas Wahres an seiner Analyse: In unseren Tagen ist es sehr schwer, der Wachsamkeit einer Kamera oder der Effizienz der Fingerabdruckdateien zu entkommen. Aber irgendetwas sagte mir, dass wir diesmal kein Glück haben würden. Und dass unser Mörder schwieriger zu schnappen sein würde, als wir annahmen. Es war nur eine Ahnung, und ich hatte zu wenig Berufserfahrung, um mich darauf zu verlassen. Der weitere Verlauf sollte mir jedoch zeigen, dass ich mich nicht täuschte.

Die Wolken vor dem Fenster rissen nach und nach auf und schufen Raum für einen makellos blauen Himmel. Die Palmenwipfel, schon in Sonne getaucht, zitterten nicht mehr. Fürs Wetter hatte ich jedenfalls einen beachtlichen Spürsinn.

An manchen Tagen frage ich mich, ob ich das, was geschehen ist, hätte verhindern können. Ich kehre auf die Strandpromenade von Venice Beach zurück. Die hohen, schäumenden Wellen enden ersterbend zu meinen Füßen. Ich beobachte die Kinder, die sich Frisbeescheiben zuwerfen, sich in den Sand schmeißen, um sie rechtzeitig zu fangen, und der Sand spritzt hoch, und ohne Atem zu holen, werfen sie sie sich zurück. Ich beobachte die Surfer, die aus dem Meer zurückkehren, mit ihren bis zu den Hüften geöffneten Anzügen, die aussehen, als trügen sie an jeder Seite einen Elefantenrüssel; sie triefen und sind erschöpft, ihre Haare sind von der Sonne und vom Salzwasser gebleicht. Ich betrachte die Motels, die Restaurants, die Boutiquen, die weißen Sonnenschirme, die mit Sand bedeckten Stege, die, je nachdem, versengten oder verschimmelten Liegestühle. Und die dunstige Silhouette von Sunset Terrace. Und ich denke daran, was alles geschehen ist. Und ich frage mich immer und immer wieder, ob ich es hätte verhindern können, und die Antwort ist Nein.

Es gibt Dinge, die man nicht beschließt. Ereignisse, die man nicht kommen sieht. Und wenn sie eintreten oder wenn sie kurz bevorstehen, ist es schon zu spät. Es gibt Wege, die man einschlägt, ohne die Gefahr zu ahnen, alles ringsherum wirkt ruhig, warum sollte man auf der Hut sein? Es gibt Menschen, auf die man zugeht, ohne Angst vor ihnen zu haben, ohne etwas von ihnen zu erwarten, in der Überzeugung, ihnen nie wieder zu begegnen, und dann, eines Tages, sind sie erneut da, stehen vor einem, und man ist überrascht, aber nicht beunruhigt, man reicht ihnen die Hand, trinkt ein Glas miteinander oder bietet sich gegenseitig Zigaretten an oder spricht vom Wetter und davon, wie man sich das Leben vorstellt, und schon ist man tot, ohne es zu bemerken. Es gibt winzige Augenblicke, ganz gewöhnliche Minuten, man hat viele davon erlebt, aber eines schönen Morgens schlägt im Bruchteil einer Sekunde alles um. Harmlos wirkende Momente des Schweigens, es verlangt einen nicht danach, sie zu füllen, man fühlt sich wohl, man blickt etwas zu interessiert, man lässt die Augen einen Moment länger als nötig auf dem anderen ruhen, und mit einem Schlag füllt sich die Stille mit einem Schicksal. Nein, ich hätte nichts verhindern können.

Wenn Sie denken, ich versuche, mich mit meinem schlechten Gewissen zu arrangieren und mir billige Entschuldigungen auszudenken, dann irren Sie. Ich beabsichtige weder zu klagen noch Bedauern auszudrücken. Ich stelle nur meine Ohnmacht fest. Ich hatte im Grunde keine Wahl, ich bin in diese Spirale hineingezogen worden. Ich bin hineingeraten, ohne es zu bemerken.

Gewiss, ich habe mehrmals die Gelegenheit gehabt, aus der Sache herauszukommen, und ich habe sie nie ergriffen. Ich hätte gehen können, klar, und ich habe es nicht gemacht. Letzten Endes bin ich allein schuld an der Katastrophe. Nur, man lässt die Hand des Typs, der im Treibsand versinkt, nicht so einfach los. Man versucht, ihm herauszuhelfen, auch wenn man dabei riskiert, selbst unterzugehen.

Und außerdem übt der Treibsand manchmal auch eine Faszination aus, der man nicht widerstehen kann.

Einer der Jungen wirft seine Frisbeescheibe in die falsche Richtung, sie landet vor meinen Füßen, ich hebe sie auf und reiche sie dem Kind, das mich misstrauisch mustert und abzieht, als wäre ich ein Penner oder ein Perverser. Und ich entdecke die vollkommene Unschuld des Kindes, seine Reinheit. Ich entdecke alles, was ich verloren habe.

Am Tag des Verbrechens habe ich mit McGill zur Mittagessenszeit die Wohnung des Opfers aufgesucht. Sie befand sich in Downtown, nicht weit vom MacArthur-Park, dem Treffpunkt der Dealer und Gangs. Eine Gegend mit einem wirklich schlechten Ruf. Unwillkürlich habe ich mich gefragt, warum der Kleine in der Nähe von Hollywood auf den Strich ging, wo hier alles, was er brauchte, direkt vor seiner Tür lag. Er hatte offenbar einen Hang zur High Society und zog es vor, in schönen Laken zu schlafen.

Das Apartment war in der vierten Etage eines Hauses aus Granit, ohne Aufzug, in einer öden Gasse voller Mülleimer. Feuerleitern hingen von der Fassade, einfache Klimaanlagen drehten sich an den Fenstern, eine puerto-ricanische Concierge zog an einer Zigarette und hinterließ Spuren ihres billigen Lippenstifts auf dem Filter.

In ihrer Kartei war vermerkt, dass Billy Greenfield in Pasadena zur Welt kam. Der Weg von Pasadena nach Downtown ist kurz. Es wäre mir lieb gewesen, wenn ich hätte glauben dürfen, er sei in einem ärmlichen Viertel im Schoß einer gewalttätigen Familie aufgewachsen. Dann wäre das Gefühl des Abstiegs in die Hölle weniger niederschmetternd gewesen. Wenn er jedoch eine glückliche

Jugend gehabt hatte, warum, zum Teufel, war er dann hierhergekommen und hatte sich in die Höhle des Löwen begeben?

Wir haben das Apartment Nummer 42 gesucht. Die Ziffer 4 war abgefallen, nur die graue Spur des Klebstoffs war noch übrig. Wir brauchten die Tür nicht gewaltsam zu öffnen: Man hatte die Schlüssel in der Tasche seiner Jeans gefunden. Drinnen roch es nach kaltem Tabak, Sperma und schmutzigem Geschirr. McGill öffnete die Fenster, nachdem er zunächst die Vorhänge von undefinierbarer Farbe zurückgezogen hatte. Die einfallende Sonne hat einen Streifen in den Staub gezeichnet, der im Raum schwebte.

Es war ein schäbiges Zimmer: ein ungemachtes Bett, ein Ausguss, ein Kocher, ein Klapptisch, auf dem sich Bierflaschen türmten, ein Resopalhocker, Klamotten am Boden, ein Fernsehgerät, Videokassetten, zum größten Teil mit Pornohüllen, an die Wände gepinnte, verwaschene Poster von nackten, muskulösen jungen Männern. Die Suche nach etwas, was nicht mit dem zusammenhing, was man schon vermutete, wäre vergeblich gewesen.

Die Kollegen würden am Nachmittag vorbeikommen, um die Fingerabdrücke zu sichern. Wir beschränkten uns darauf, die Örtlichkeit in Augenschein zu nehmen. McGill wirkte ärgerlich. Er hatte offensichtlich gehofft, die Besichtigung würde uns wertvolle Hinweise, vielleicht eine wichtige Spur, liefern oder uns auf eine geniale Idee bringen, aber das war nicht der Fall. Hatte gehofft, der kleine Greenfield verberge ein Geheimnis, und wir könnten leicht dahinterkommen; wenn wir nur ein wenig in seinem Kalender blätterten, würde uns das direkt zu seinem Mörder führen. Aber die kleinen zwanzigjährigen Jungs haben ein ganz gewöhnliches Leben, selbst wenn es jämmerlich ist, und unwichtige Geheimnisse.

Immerhin hat er mit seinem an Untersuchungen gewöhnten Auge ein kleines Heft entdeckt, das am Fußende des Bettes, fast völlig verdeckt von den zerknitterten Laken, herumlag. Er hat es hervorgeholt und rasch durchgeblättert, ehe er es mir reichte. Ich habe es meinerseits durchgeblättert und in die Tasche meiner Jacke gleiten lassen. Wir würden nichts Interessanteres mehr entdecken, wir mussten uns damit abfinden.

Wir haben das Apartment verlassen. Während wir durch den Flur eilten, hörte man hinter einer Tür eine heftige Diskussion. Ein Paar beschimpfte sich gegenseitig auf Spanisch. Wir verlangsamten nicht einmal unsere Schritte. Die verpestete Luft der Gasse empfing uns beim Verlassen des Hauses. Die Concierge zog noch immer an einer Zigarette. Sie warf uns einen giftigen Blick zu. Wir haben sie respektvoll gegrüßt.

Am Nachmittag des Verbrechens bin ich auf einen Sprung in die Bücherei gegangen. Ich wollte Laura küssen. Ich konnte unmöglich bis zum Abend damit warten, sie in die Arme zu nehmen. Ihre Worte gingen mir unablässig durch den Kopf: Sie hatte gespürt, wie sich das Baby in ihrem Bauch bewegte. Ich entdeckte sie zwischen zwei Regalreihen. Sie war damit beschäftigt, Bücher, die auf einem Rollwagen aufgestapelt waren, an ihren Platz zu stellen. Ich habe sie einige Zeit beobachtet, ehe ich mich bemerkbar machte. Ich habe Laura schon immer gern beobachtet, wenn sie es nicht merkte. Eine Frau, die nicht auf ihre Umgebung achtet, die sich von der Welt absondert, die sich nur auf ihr Tun konzentriert, ist etwas Schönes.

Sie hat gelächelt, als sie mich schließlich am Ende des Ganges sah. Ihr Gesichtsausdruck ließ kein Erstaunen erkennen. Dabei war diese Art von Besuchen eher ungewöhnlich für mich. Die Wahrheit ist, dass sie mich gut kannte, sie ahnte, dass ich traurig war, bei den ersten Lebenszeichen des Kindes nicht dabei gewesen zu sein, und den Wunsch empfinden würde, diese Abwesenheit wiedergutzumachen, dieses Fehlen auszugleichen. Ohne es ihr erklären zu müssen, hat sie verstanden, dass ich nur auf einen Sprung vorbeikam, um sie zu umarmen, um mich zu vergewissern, dass es ihr gut ging, um ihren Bauch zu berühren. Und das habe ich gemacht.

Sie hat mich nicht nach dem Gang meiner Untersuchung gefragt, sie ahnte, dass ich ihr zu gegebener Zeit davon erzählen würde. Sie hat meine Wange gestreichelt, zum Zeichen der Dankbarkeit und um ihre Anhänglichkeit ohne überschwängliche Worte zu erkennen zu geben. Wir waren Menschen, die nicht viele Worte machten. Ich habe sie ihren Büchern überlassen. Sie sagte: »Bis heute Abend.«

Ich habe geschrieben: *Die Wahrheit ist, dass sie mich gut kannte.* Die Wahrheit ist, dass sie mich nicht ganz kannte. Selbst ich sollte noch einen Teil von mir entdecken, der bisher im Dunkeln lag.

Auf dem Rückweg hielt ich vor einer Telefonzelle an und rief McGill an. Die Untersuchung nahm den vorhergesehenen Verlauf. Die Ergebnisse der Autopsie entsprachen unseren Vermutungen. Allerdings hatte der Gerichtsmediziner festgestellt, dass vor dem verhängnisvollen Schlag ein Kampf stattgefunden hatte. Die beiden, der Prostituierte und sein Mörder, hatten sich geprügelt, ehe der Engel der Länge nach auf den makellosen Rasen stürzte. Auf seiner Kleidung fanden sich, wie erwartet, zahlreiche Fingerabdrücke. Man setzte Nachforschungen in Gang, um festzustellen, ob es Übereinstimmungen mit Abdrücken von unseren alten Bekannten gab. McGill sagte mir auch, dass die Eltern des Toten benachrichtigt worden waren. Er hatte das schmutzige Geschäft übernommen. Ich war der Ansicht gewesen, ein Typ meines Alters sei nicht geeignet, eine solche Katastrophenmeldung zu übermitteln. Die abgehärteten Polizisten machen dies im Allgemeinen mit mehr Autorität und gebührendem Abstand.

Ich werde übermorgen die Bekanntschaft der Eltern machen. McGill hat sie einbestellt. Es bestand auch die Möglichkeit, die Frau zu befragen, die den Toten gefunden hatte. Ich bezweifelte, dass ich von ihr mehr erfahren würde, als in dem ersten Bericht stand, aber ich unterwarf mich einer Art Verhaltensregel. Der Ire machte die Runde in den benachbarten Villen, um die Filme der Überwachungskameras einzusammeln. Man würde schnell wissen, ob etwas daraus zu entnehmen war. Außerdem hatte man Augenzeugen aufgerufen, sich zu melden. Bisher ohne Erfolg, es war bestimmt noch zu früh. Trotz meiner geringen Erfahrung fand ich, dass das alles den ranzigen Geruch der Routine an sich trug.

Ich hatte das Notizbuch bei mir behalten. Ich dachte, man sollte aufpassen, dass man kein gesprächiges Notizbuch besitzt, wenn man eines gewaltsamen Todes stirbt: Das ist lästig für die, die darin verzeichnet sind.

Ich machte mich daran, die lange Liste der planlos, ohne die geringste Logik, außer vermutlich der zeitlichen Abfolge, aneinandergereihten Namen zu lesen: Die Identitäten hatten sich wie es kam zusammengefügt. Manche Namen waren ausgestrichen, Nummern korrigiert, Adressen vervollständigt worden. Hier und da fanden sich Zeichen, die im Moment keinen Sinn für mich ergaben: Sterne, Zahlen, die Codes glichen.

Und dann, als ich auf gut Glück herumblätterte, bin ich auf diesen Namen gestoßen: Jack Bell.

Tatsächlich bin ich nicht gleich darauf gekommen. Erstens war ich kein Kinonarr. Man kann gut durch die Straßen von Hollywood patrouillieren und sich nicht für Filme interessieren, glauben Sie mir. Und zweitens ist Bell ein ziemlich verbreiteter Name. In Wirklichkeit hat mich die Adresse hellhörig gemacht. Maple Drive 482. Man hat keine finanziellen Sorgen, wenn man sich eine solche Adresse leistet. McGill hat fast eine halbe Stunde gebraucht, um mich davon zu überzeugen, dass der fragliche Bell wirklich der junge Schauspieler war, der auf den ersten Seiten der Illustrierten prangte. Er hat hinzugefügt: »Der Ärger beginnt.« Er ahnte nicht, wie recht er hatte.

Natürlich hatte ich nicht die Absicht, alle zu befragen, deren Namen in dem Notizbuch standen, und ich hätte diesen Jack Bell gern unberücksichtigt gelassen, wenn ich nicht durch zwei Indizien veranlasst worden wäre, mich näher für ihn zu interessieren: Er wohnte nicht weit vom Ort des Verbrechens, und vor allen Dingen waren neben seinem Namen ein Datum und eine Uhrzeit eingetragen: 15. Juni, 19 Uhr. Also neun Stunden bevor der Mord begangen wurde. Zumindest ein Höflichkeitsbesuch schien angezeigt.

Ich hielt es für sachdienlich, mich ein wenig zu informieren, ehe ich bei ihm aufkreuzte. Im Nachhinein bin ich geneigt zuzugeben, dass es einen gewissen Eindruck auf mich machte, bei einem Filmstar an die Tür zu klopfen. Im ersten Augenblick jedoch hätte ich es eher vorgezogen, auf dem elektrischen Stuhl hingerichtet zu werden, als dies einzugestehen, aber McGill, der offensichtlich nicht so beeindruckt war, hat in dem Moment, als ich ihn bat, mir ein Dossier über Jack zusammenzustellen, meine kindhafte Aufregung und meine Indianervorsicht verstanden. Er gab dies natürlich nicht zu erkennen. Aber an der Art, wie er den Kopf mit einem halben Lächeln senkte und den Befehl ausführte, als handelte es sich um einen geheimen Auftrag, konnte ich unschwer erkennen, dass er mich durchschaut hatte.

Nun also Jack Bell. Vierundzwanzig Jahre. Der neue Schwarm von Hollywood. Zwei Blockbuster in Folge in den letzten sechs Monaten. Titelfotos auf Illustrierten ohne Ende. Einige Eskapaden beim Verlassen von Bars. Einige Gerüchte um ein verwüstetes Hotelzimmer. Und Schnappschüsse, auf denen man ihn am Arm eines jungen, rothaarigen, magersüchtigen Models erkennt. Vor allem aber das perfekte Bild des Überlebenden. Denn ehe er an diesem Punkt anlangte, war der junge Mann ein Kinderstar gewesen. Ein rasanter Auftritt in einem Junkmovie für Teenager im Alter von dreizehn Jahren. Und dann im Jahr darauf eine zweite Rolle in einem Film, der zum Kultfilm wurde. Aber was für eine zweite Rolle! Ein boshafter, perverser Heranwachsender, der einer pathetischen alten Schauspielerin den Kopf verdreht, das Objekt der Anbetung in einer zwielichtigen Liebesgeschichte. Fast keine Dialoge, aber eine beklemmende Präsenz. Selbst ich, der ich nicht oft ins Kino gehe, habe meine Karte bezahlt und mich im Chinese Theater in die Schlange gestellt, um das Ereignis nicht zu verpassen, über das alle, und an erster Stelle meine damalige kleine Freundin, pausenlos redeten. Ich gestehe: Der Bursche war faszinierend. Und dennoch, nach den so sensationellen Anfängen kam der Absturz. Eine prächtige Explosion mitten im Flug. Ein dritter Film, der Trash des Jahrhunderts und der Flop des Jahres. Und unmittelbar danach die Meldung im lokalen Teil der Morgenzeitungen, als man ihn beim Heroinschnüffeln aufgefunden hatte, zwischen den Überresten einer Party an einem verrufenen Swimmingpool, die ein übles Ende genommen hatte. Es folgte der Niedergang. Das verbrannte Idol. Der Abstieg in die Hölle. Das Vergessen. Bis zu einer unwahrscheinlichen Auferstehung, wie Hollywood sie liebt, sieben Jahre danach. Man zeigte uns nun einen jungen Mann, der inzwischen clean und mit sich selbst ins Reine gekommen war und einen bescheidenen Neuanfang in einer Intello-Produktion machte. Ein tränenreich an das Mitgefühl appellierender Auftritt in einer Talkshow zur besten Sendezeit hatte das breite Publikum bewogen, ihm endgültig zu verzeihen. Alles Weitere hatte sich fast zu mühelos ergeben. Ein Erfolg, und noch einer. Ein Werbespot für Jeans, und schon war eine neue Ikone geschaffen. Der Stern von Jack Bell strahlte erneut am Firmament.

Ich war mir nicht sicher, ob ich mich mit diesem Typ nicht anlegen würde. Ja, ich spürte sogar eine dumpfe Gereiztheit an mir. Ich habe nichts gegen Comebacks und auch nichts gegen Stars, aber es hat mich schon immer geärgert, wenn jemand zu dick auftrug.

Billy Greenfields Eltern traten langsam in mein Büro ein, vorneweg ging ein verlegener McGill. Ich hatte ein Ehepaar vor mir, das älter war, als ich erwartet hatte – Billy war erst spät zur Welt gekommen, vielleicht ein Betriebsunfall –, sie waren verstört wie einfache Menschen, die man in ein Abenteuer gestürzt hat, das zu groß für sie war, größer als ihr Vorstellungsvermögen. Sie blickten erschrocken und verwirrt um sich, als sähen sie die Welt zum ersten Mal. Ich reichte ihnen die Hand, und sie brauchten einige Sekunden, ehe sie sie ergriffen, sie verstanden nicht, was ich von ihnen wollte. Ich habe mich vorgestellt, und sie haben ihren Namen genannt, ohne daran zu denken, dass ich ihn kannte, da ich sie herbestellt hatte. Ich habe sie eingeladen, sich zu setzen, aber sie zögerten, vielleicht befürchteten sie eine Falle. McGill hat ihnen einen Kaffee angeboten, den sie beide auf der Stelle und mit der gleichen Begründung ablehnten: Sie hatten Angst, Umstände zu machen. Ich war versucht, ihnen in Erinnerung zu rufen, dass sie nichts dafür konnten, dass sie sich für nichts zu entschuldigen brauchten, dass ihre Trauer sie vor allem schützte, aber ich spürte, dass diese Art Zuspruch absolut sinnlos war. Ich habe ohne Überleitung mit der Befragung begonnen.

Er trug ein tadellos gebügeltes, am Kragen zugeknöpftes Hemd. Seine Hände lagen flach auf den Oberschenkeln, während er mit mir sprach. Er saß aufrecht auf dem Stuhl, den Rücken angelehnt. Er war bemüht, die richtigen Worte zu finden, und dachte übermäßig lange nach, selbst um auf die einfachsten Fragen zu antworten. Sie trug ein blau und rosa geblümtes Kleid in verwaschenen Pastellfarben. Ihre Dauerwellen waren frisch gelegt, wie vermutlich immer bei wichtigen Gelegenheiten. Sie versah alle ihre Sätze mit einem »Lieutenant«, offenbar wollte sie der Autorität, die mir mein Titel verlieh, huldigen. Ich hätte ihr erklären können, dass sie sich mir gegenüber nicht so unterwürfig zu zeigen brauchte, aber auch hier nahm ich an, meine Bemerkung würde sie nur empört haben.

Sehr schnell habe ich gemerkt, dass ich nichts von ihnen erfahren würde, ich meine: nichts, was geeignet wäre, die Untersuchung voranzubringen. Ihr Sohn hatte das Haus in Pasadena mit sechzehn verlassen. Sie hatten ihn zwei Jahre lang nicht gesehen. Er hatte nichts von sich hören lassen. Sie waren beunruhigt gewesen, gewiss, sie hatten sich sogar »Sorgen gemacht«, aber »was soll man tun, nicht wahr, wenn die Kinder weggehen, ohne eine Adresse zu hinterlassen?« Und dann war Billy wieder erschienen, in dem Sommer, als er achtzehn wurde. Er trug ein strahlendes Lächeln auf den Lippen und protzte mit einem nagelneuen Motorrad und Klamotten, die nicht zu seinem Müßiggang passten. Er hatte es nicht für nötig gehalten, diesen plötzlichen Reichtum zu erklären. Und sie hatten es vorgezogen, ihn nicht danach zu fragen. Nach zwei Stunden hatten sie sich wieder getrennt, er beruhigt, sie noch beunruhigter. Mütter erkennen unfehlbar das Unglück, dem ihre Söhne mit verhängten Zügeln entgegeneilen.

Im folgenden Frühjahr war Billy wieder nach Pasadena gekommen. Diesmal ging es ihm nicht mehr so gut. Er bestand nur noch aus Haut und Knochen. Sein Gesicht war ausgemergelt, seine Arme abgemagert, und unter den Augen hatte er schwarze Ringe. Die Eltern haben ihm ihre Hilfe angeboten, er hat sie zum Teufel geschickt, er werde ohne sie zurechtkommen, »wie er es immer getan habe«. Am Ende standen sie mit ihrer Ohnmacht und ihrem Kummer vor dem Haus und sahen ihren Sohn in den Bus steigen, ohne zu begreifen, warum er zu ihnen gekommen war. Sie haben ihn nie wieder lebend zu Gesicht bekommen.

Die Mutter beendete ihren Bericht mit den einfachen Worten, als spräche sie zu sich selbst: »Das war vielleicht seine Weise, sich von uns zu verabschieden. Selbst wenn er vorhatte, wieder auf die Beine zu kommen, sah ich doch genau, dass er auf der abschüssigen Bahn war, und das wusste er.« Sie, die den entstellten, leblosen Körper ihres Sohnes im Leichenschauhaus identifiziert hatte, schaute mich an: »Lieutenant, ahnt man, dass man sterben wird?« Ich habe nichts geantwortet.

McGill hat die Eltern Billy Greenfields hinausbegleitet, und ich habe vermieden, mir über die chaotischen Existenzen Gedanken zu machen, die vorzeitig ums Leben kommen. Ich hatte mich mit Jack Bell verabredet.

Es wäre wirklich schwer gewesen, den beiden auf mich gerichteten Kameras auszuweichen, als ich mich durch die Sprechanlage anmeldete, die in eine der geschmacklosen Säulen aus falschem Marmor eingelassen war, die das weiße Tor umrahmten. Ich habe nicht in das Objektiv gelächelt, nicht den Grund meines Besuchs genannt, man wusste ohnehin, wer ich war, man ließ mich wissen, dass man mich erwartete. Das Tor ging auf, ich ging rasch durch, und schon schloss es sich wieder. Ich hatte angenommen, eine menschliche Hand werde diese Aufgabe übernehmen. Ich hatte mir einen großen Wachhund mit schwarzer Brille vorgestellt. Ich sagte mir: Das ist Hollywood.

Man musste eine mit Eukalyptus- und Orangenbäumen gesäumte Allee hinaufgehen. Der Garten war nicht groß, aber hübsch. Er hat meinen ersten Eindruck etwas verblassen lassen. Kein angeberischer Rennwagen verstellte den Weg. Ich war ziemlich froh, dass man mir eine solche Prahlerei ersparte. Aber diese Diskretion war vielleicht nur Zufall.

Oben, am Ende der Allee, hinter den Bäumen, entdeckte ich das Haus. Ein stattlicher Wohnsitz, aber nicht übertrieben. Man war bei den Reichen, daran bestand kein Zweifel, aber nicht bei Emporkömmlingen, oder aber man verstand es, sich zu verstellen. Die Tür wurde geöffnet, und an Stelle eines Wachhunds erschien eine grau-weiß gekleidete, etwa fünfzigjährige Haushälterin mit einem freundlichen und müden Lächeln auf den Lippen. Ich hatte den Eindruck, sie spreche meinen Namen mit einem leicht puertoricanischen Akzent aus. Später hat sich herausgestellt, dass meine Ohren mich nicht getäuscht hatten.

Ich betrat das Haus, die Haushälterin führte mich in einen Salon von beeindruckender Größe, bot mir etwas zu trinken an, was ich höflich ablehnte, und bat mich, mich zu gedulden, »Mr Bell wird gleich da sein«. Ich fragte mich, ob ich nicht ziemlich ähnlich wirkte wie Billy Greenfields Mutter, als sie durch die Tür meines Büros eingetreten war. Ohne mich von der Stelle zu bewegen, sah ich mich im Zimmer um: moderne Möbel, eher schmucklos, keine Vergoldung, kein Rokoko, kein großartiger Kronleuchter oder riesiger Kamin, keine überdimensionalen Gemälde oder nackte Skulpturen, nein, nur beige Sofas, ein Tisch mit polierter Glasplatte, frische Blumen in Vasen, die nicht überladen waren, und, natürlich, eine Wand von Fernsehschirmen.

Hinter der Glasfront breitete sich eine Terrasse aus, die in einen Swimmingpool mündete. Ich sah ein junges, mageres rothaariges Mädchen in einem Badeanzug, das in einen Bademantel schlüpfte und verschwand. Ich habe mich an die Titelbilder der Illustrierten erinnert. So weit war ich mit meinen Beobachtungen gekommen, als Jack Bell vor mir erschien. Ich bin zusammengezuckt, aber ich glaube, man hat es nicht gesehen. Ich fand, er hatte weniger Ausstrahlung als auf den Fotos.

Er war ungekämmt, wie jemand, der gerade aus dem Bett kommt, hatte verquollene Augen und war nicht rasiert, aber ich traute ihm nicht und dachte, er habe vielleicht Stunden vor dem Spiegel zugebracht, um sich dieses nachlässige Aussehen zu geben. Er drückte mir mit einer kleinen Verbeugung die Hand und stellte sich vor, was mich für ihn eingenommen hat. Er hatte es nicht nötig. Er brauchte sich nicht vorzustellen.

Er bat mich, mich zu setzen, und ließ sich selbst auf dem Sofa mir gegenüber nieder. Er trug eine Jeans, die an den Knien zerrissen war. Ich weiß nicht, warum, aber einige Minuten lang zogen seine Knie meine ganze Aufmerksamkeit auf sich. Der Mann wirkte weniger jung, als ich ihn mir vorgestellt hatte. Er war nicht mehr der Halbwüchsige, den ich in Erinnerung hatte. Der Altersunterschied zwischen uns war gar nicht so groß. Sechs Jahre.

Er griff nach einer Schachtel Zigaretten, die auf dem Tisch lag, der zwischen uns stand, und hielt sie mir hin. Ich habe sein Angebot abgelehnt und für alle Fälle gesagt, dass mich der Rauch nicht störe, aber er hat die Schachtel zurückgelegt, ohne sich eine herauszunehmen. Ich habe ihm ins Gesicht geblickt und ihm mit ziemlich ruhiger Stimme mitgeteilt: »Ich bin gekommen, um mit Ihnen über Billy Greenfield zu sprechen.«

Im ersten Augenblick unserer Begegnung, ich meine, als er so vor mir stand, am Morgen der Welt, mit seiner verblüffenden und verschlafenen Schönheit, mit dieser Aura des Überlebenden, ist kein Funke übergesprungen, ich schwöre es. Ich kann mir vorstellen, dass es verführerisch ist, sich vorzustellen, alles habe sich im Bruchteil einer Sekunde abgespielt, alles sei beim ersten Blick oder Händedruck umgeschlagen, aber so war es nicht.

Natürlich beginnt alles genau in diesem Moment, der Prozess, den wir nicht aufhalten werden, kommt in Gang, aber bedenken Sie, dass wir uns in Unkenntnis dieses Mechanismus begegnen, in völliger Unschuld; arglos. Wir wissen nicht, dass wir im Begriff sind, die Hand in das Räderwerk zu stecken, das uns zermalmen wird. Es ist zu einfach, die Geschichte im Nachhinein wiederzugeben. Ich halte mich an die Wahrheit, sie kann nicht überboten werden.

Und überhaupt, wie hätten wir es denn ahnen sollen? Diese Sache reichte zu weit zurück, zu weit für uns. Wenn man uns gesagt hätte, was geschehen würde, hätten wir es natürlich nicht geglaubt. Wir hätten gelacht, oder wir wären wütend geworden, aber wir hätten es auf keinen Fall für möglich gehalten. Das ging über unsere Vorstellungskraft. Das fand keinen Platz in unseren Plänen, in unseren

Gewissheiten. Es lag jenseits der Vernunft, jenseits des Begriffsvermögens.

Ich habe den Vorwurf zu hören bekommen: Ich hätte mich geweigert, es einzugestehen, ich hätte es geleugnet. Ich nehme das gern auf mich. Diesen Vorwurf kann man mir wahrscheinlich machen. Aber an diesem 17. Juni 1990 ging es nicht darum. Man leugnet nichts, was man nicht kennt. Punktum.

In Wirklichkeit hat Jack es als Erster begriffen. Weil er einen Vorsprung hatte. Sein bisheriges Leben hatte ihn besser vorbereitet als mich. Er kannte die Erregung, die Fragen, die Sekunden der Wahrheit, die Trennungen, die Brüche, die Erschütterungen, all das, was weiß ich. Mein Leben war geradlinig verlaufen und folgte seinem Rhythmus, ohne Hast. Ich habe eine Entschuldigung.

Dieses Wort *Entschuldigung* wird missverstanden werden. Es ist mir egal. Heute ist es mir egal. Ich habe nicht diesen ganzen Weg zurückgelegt, allen meinen Glaubenssätzen abgeschworen, allen diesen Stürmen die Stirn geboten, um von Schuldgefühlen zernagt zu werden.

Letztlich muss ich Ihnen sagen: Ich erinnere mich nicht mehr so genau an diese erste Begegnung. Sicher, ich bin in der Lage, mir die Szene zu rekonstruieren. Das ist auch mein Metier, eine Berufskrankheit, wenn Sie so wollen. Ich erinnere mich in etwa an meinen Geisteszustand. Aber ich habe keine Erinnerung an eine besondere Erregung oder ein Missbehagen oder ein Schwindelgefühl. Das beweist, dass ich Fortschritte mache.

Das Schwindelgefühl kam später.

Ich beruhigte ihn: »Es handelt sich um einen Routinebesuch anlässlich eines Mordes, der gerade begangen worden ist, Sie sind kein Zeuge und werden natürlich nicht verdächtigt, aber Ihr Name steht in einem Notizbuch, welches das Opfer bei sich trug, deshalb muss ich Ihnen ein paar Fragen stellen.« Er hat geantwortet: »Ich stehe zu Ihrer Verfügung«, so wie man es in den Serien im Fernsehen mit dem Brustton der Überzeugung sagt. Sobald er zu sprechen aufhörte, haben seine Kiefer die Wangen leicht verformt. Ich habe keine Schlüsse daraus gezogen. Es ist für niemanden selbstverständlich, auf die Fragen eines Polizisten zu antworten, besonders wenn er eine Leiche im Gepäck hat.

Ich fing an: »Sagt Ihnen der Name Billy Greenfield etwas?« Er hat ein paar Sekunden verstreichen lassen, als suchte er in seiner Erinnerung, sein Kopf hat sich nicht bewegt, aber seine Augen waren zur Decke gerichtet. Schließlich äußerte er: »Nein, Lieutenant, ich denke, ich habe seinen Namen nie gehört.« Die Bewegung der Kiefer hat sein Gesicht erneut schmaler werden lassen.

Ich erwiderte: »Das Opfer muss Sie aber gekannt haben, denn es verfügte über Ihre Telefonnummer.« Die Antwort kam wie aus der Pistole geschossen: »Ach, wissen Sie, viele Leute, Journalisten und Fans zum Beispiel, reißen sich

Arme und Beine aus, um diese Art von Informationen aufzutreiben. Sie können sich nicht vorstellen, wie viele aufdringliche Telefonanrufe ich von Leuten bekomme, die ich nie getroffen habe.« Die Erklärung schien mir einleuchtend. Was mich daran störte, war, dass sie aufgesagt klang, als ob sie vorbereitet gewesen wäre. Allein, ich beabsichtigte nicht, diesen Details eine übertriebene Aufmerksamkeit zu schenken. Für den Augenblick musste ich mich an die Aussagen halten.

Ich führte die Befragung »meine betont unparteiische Haltung beibehaltend« (ein Lieblingsausdruck McGills) fort: »Sie können mir also bestätigen, dass Sie vorgestern Abend um sieben Uhr keine Verabredung mit Billy Greenfield hatten?« Sehr darum bemüht, nicht die Ruhe zu verlieren, erwiderte er: »Ich bestätige es Ihnen.« Ich wusste nicht, ob wir Katz und Maus miteinander spielten, aber es sah mir ganz danach aus.

Ich senkte die Stimme: »Entschuldigen Sie, dass ich Ihnen diese Frage auf eine etwas direkte Weise stelle: Haben Sie jemals näheren oder entfernten Umgang mit Prostituierten gehabt?« Ich hatte absichtlich einen Ausdruck gebraucht, der sowohl auf Männer wie auf Frauen zutrifft. Er richtete sich angespannt auf und brach augenblicklich in ein gezwungenes Lachen aus, das seinen Körper zurückwarf. Er sagte: »Nein, Lieutenant, ich habe alles, was ich brauche. Ich möchte keinen unbescheidenen Eindruck erwecken, aber ich benötige nicht diese … Tricks, um Gesellschaft zu haben.« Ich stimmte ihm zu: »Ja, gewiss, ich verstehe.« Und ich erinnerte mich an die rothaarige Magersüchtige vom Swimmingpool.

Ich setzte die Befragung fort: »Nehmen Sie Drogen?« Er antwortete: »Lochen Sie mich ein, wenn ich Ja sage?« Und ich: »Nein, versprochen, das bleibt unter uns.« Er gab zu: »In diesem Fall ist die Antwort: Ja. Aber ich habe sie mir nicht durch diesen Mister Greenfield beschafft.« Ich erwiderte: »Ich erinnere mich nicht, Ihnen gesagt zu haben, dass er mit Drogen handelte.« Er nahm die Zigaretten vom Tisch und zündete sich eine an. Ich beobachtete, wie er seine Hand vor das Feuerzeug hielt, als wolle er die Flamme vor einem Luftzug schützen. Ich fragte mich, ob die andere Hand, die, die ich nicht sehen konnte und die das Feuerzeug hielt, ob diese Hand zitterte.

Er hat seine Augen in meine versenkt. Eine mit Schmerz vermischte Härte durchzuckte sie. Ärgerte er sich über sich, weil er vielleicht zu viel geredet hatte? Ärgerte er sich über mich, weil ich ihn, ohne es wirklich zu wollen, in die Falle gelockt hatte? Im ersten Augenblick habe ich nicht verstanden, dass er über meinen Polizistenreflex enttäuscht war. Viel später hat er mir gestanden, dass er schon damals etwas ganz anderes von mir erhoffte. Wir bewegten uns nicht auf derselben Ebene.

Ich sagte: »Ich möchte Sie nicht länger stören. Sie sehen, es war nur ein Routinebesuch.« Und ich stand ruckartig auf. Er war überrascht von meiner Heftigkeit, von der Kürze unserer Unterhaltung. Zögernd erhob er sich. Er murmelte: »War das wirklich alles, was Sie von mir wissen wollten?« Ich bejahte mit einem Kopfnicken und streckte ihm die Hand hin, um mich zu verabschieden. Einmal mehr zögerte er. Er war offensichtlich verunsichert. Dachte er, hinter meinem überstürzten Aufbruch verberge sich ein Verdacht? Er schlug vor: »Ich begleite Sie hinaus.« Ich lehnte ab: »Das ist nicht nötig. Ich werde den Weg finden.« Ich ließ ihn mitten im Salon stehen. Ich frage mich noch immer, warum.

An diesem Abend habe ich, während ich die Tür unseres Apartments hinter mir zuzog, nach Laura gerufen, habe laut ihren Vornamen gerufen, sie antwortete mit einem »Hier bin ich« aus der Küche, sie machte sich dort am Spülbecken zu schaffen, ich drückte mich gegen ihren Rücken, schlang meine Arme um ihre Taille, legte meine Hände auf ihre Hüften und hielt sie lange Zeit so fest. Diese Zärtlichkeit hat sie überrascht, sie war nicht daran gewöhnt. Ich vergrub mein Gesicht in ihren Nacken, ich sagte nichts, ich spürte sie zwischen meinen Armen, sie verharrte in ihrem Erstaunen. Sie musste annehmen, meine Untersuchung beschäftige mich und ich hätte das Bedürfnis abzuschalten. In den Umarmungen liegt alles, was man aufgibt.

Wir haben Nudeln gegessen. Laura macht eine ausgezeichnete Pasta. Zweifellos ein italienisches Erbe. Ich ahne, dass ich so etwas nicht sagen sollte. Aber die Nudeln waren wirklich phänomenal. Muss man italienische Wurzeln haben, um eine solche Gabe zu besitzen? Wir haben schlechten Wein getrunken. Laura war nicht dafür geschaffen, den Wein auszusuchen, und es war ein Thema, das häufig zu Scherzen zwischen uns Anlass gab. Man hätte schwören mögen, dass sie beachtliche Anstrengungen unternahm, um den untrinkbarsten Wein aufzustöbern. Wir scherzten über diese reizenden Gewohnheiten, die wir angenommen haben. Ich habe ihr nichts von Jack erzählt. Wenn ich es bedenke, durchlebten wir unsere letzten Momente der Unbekümmertheit.

Wir haben miteinander geschlafen. Ich liebte den Körper meiner Frau wahnsinnig. Ihre so unglaublich weiche Haut, ihre runden Brüste, die Wölbung ihrer Lenden, ihr Zittern. Ehe ich ihr begegnete, war ich ein ungeschickter, hastiger Liebhaber. Sie hat mir die Langsamkeit und das Achtgeben auf den anderen beigebracht. Ich wusste nicht, dass mir dieser Unterricht so nützlich sein würde.

Am Morgen bin ich mit dem quälenden Gedanken an die Untersuchung aufgewacht. Dabei gab es keinen Anlass zur Panik. Bisher verlief alles nach den Regeln der Kunst. Wir waren so vorgegangen, wie es verlangt wurde. Auf der Polizeischule wären sie stolz gewesen, wenn sie gesehen hätten, wie zuverlässig ich die Regeln befolgte, die man mir beigebracht hatte. Nur, wir kamen nicht mehr weiter. Und ich begann zu befürchten, dass das Teil fehlte, das dem Puzzle seinen Sinn gab. Laura hat diese Sorge gespürt und ihren Kopf auf meine Brust gelegt. Hat sie auch gespürt, dass mein Herz schneller schlug?

Ich habe sie auf der Türschwelle geküsst. Man erwartete sie erst gegen zehn Uhr in der Bücherei, sie hatte noch etwas Zeit vor sich. Ich habe sie in dem merkwürdigen Wohlgeruch zurückgelassen, den Frauen, die vorübergehend nichts zu tun haben, um sich verbreiten. Sie lächelte mir zu, als sie die Tür schloss.

Auf dem Weg zur Arbeit habe ich die Hügel der Stadt beobachtet, habe versucht, die Villen aus weißem Holz, die sich zwischen den Palmenhainen verbergen, ausfindig zu machen, und habe mich an die von Eukalyptusbäumen gesäumte Allee erinnert, die zu Jacks Haus führte. Ich hatte Lust, dorthin zurückzukehren, aber kein Motiv, es zu tun. Ich musste diesen Gedanken aus meinem Kopf vertreiben.

Als ich im Kommissariat ankam, erwartete mich McGill. Er stellte mechanisch einen Becher mit Kaffee auf meinen Schreibtisch und ohne mich anzuschauen, als wollte er meine Reaktion nicht sehen oder als kennte er sie schon, sagte er: »Jack Bell hat angerufen. Er hat dir etwas zu sagen. Er hat gefragt, ob er dich noch einmal sehen kann. Ich habe ja gesagt.«

An manchen Tagen fehlt er mir so, dass es fast nicht auszuhalten ist.

Ich wache mit Magenkrämpfen auf, es ist wie ein Brennen, ein unwiderstehliches Bedürfnis, mich zu erbrechen, ich stürze ins Badezimmer, es kann sein, dass ich dort eine Viertelstunde mit dem Kopf in der Klobrille verbringe, die weiße Schüssel und das stehende Wasser anstarre und darauf warte, dass etwas kommt, aber es kommt nie etwas, außer manchmal Tränen. Ja, es passiert, dass Tränen an der Schüsselwand aufprallen, ich unternehme nichts, um sie zurückzuhalten.

Wenn man mich in diesen Momenten sähe, nackt, zusammengekrümmt auf dem Linoleum des Badezimmers, völlig überwältigt, ein Bild der Niederlage, der Vernichtung, wie würde man darauf reagieren? Hätte man Mitleid mit mir in dieser jämmerlichen Lage, käme man mir zu Hilfe, fasste man mich unter die Achseln, um mich hochzuheben, mich wieder aufzurichten? Oder wäre man im Gegenteil peinlich berührt von diesem Zusammenbruch und der Ansicht, dass ich schließlich nichts anderes verdiente? Und ließe mich dort, einsam und elend, in dieser Erschlaffung, in der ein Zittern meinen ganzen Körper schüttelt, das einzige Zeichen, dass ich noch lebe?

Schließlich richte ich mich auf. Es erfordert übermenschliche Kräfte. Ich habe das Gefühl, mein Gerippe sei tonnenschwer. Ich klammere mich am Waschbecken fest, ziehe mich am zerkratzten Email hoch und hebe langsam den Kopf. Da sehe ich mein Gesicht im Spiegel des Arzneischranks. Ich zwinge mich zu dieser Gegenüberstellung mit mir selbst. Ich weiche nicht aus. Ich weiß, dass ich jammervoll aussehe, und erhalte die Bestätigung. Ich sehe die müden Züge, die vorzeitige Alterung, die Bartstoppeln auf den Wangen, die fettigen Haare, die an den Schläfen kleben, und ich frage mich, wie Jack dieses Gesicht einmal hat lieben können, wie er es mit seinen Küssen hat übersäen können.

Ich kehre ins Zimmer zurück, ich öffne die Vorhänge, um die Morgensonne hereinzulassen, ich schiebe das Fenster hoch. Manchmal bemerkt mich ein Nachbar und wendet den Blick ab. Wahrscheinlich handelt es sich um einen schamhaften Reflex oder ganz einfach um eine gleichgültige Geste, und doch erkenne ich darin eine gewisse Abscheu.

Ich schleppe mich ein oder zwei Stunden unangekleidet herum und begegne meiner Nacktheit im spiegelnden Fenster. Ich mag meinen Körper nicht mehr. Dabei hat er sich gar nicht so sehr verändert. Die bleiche Magerkeit ist immer noch dieselbe. Aber er gehört nicht mehr mir. Er gehört niemandem mehr, seit er nicht mehr ihm gehört.

An den Tagen, an denen es mir wirklich schlecht geht, öffne ich sogar die Kommodenschublade, in der sich die Fotos von Jack stapeln. Ich blättere in ihnen, bis mir übel wird. Beim ersten Ansehen finde ich sie falsch. Ich will damit sagen: Sie haben etwas von ihm festgehalten, was nicht er ist, sie sind eine Lüge. Und dann bin ich froh, einer der wenigen zu sein, die in der Lage sind, diese Lüge zu entdecken, die Wahrheit hinter der Täuschung zu erkennen. Ich betrachte die Abzüge genau, und ich erinnere mich an die zuweilen auftretende Panik seines Blickes, an das Beben seiner Nasenflügel, seine leicht geöffneten Lippen, das Pochen seiner Halsschlagader, das Hüpfen seines Adamsapfels, die Rundung seiner Schultern, den Druck seiner Arme. Die Fotos fangen dies alles nicht ein, sie deuten es von Zeit zu Zeit an, ihnen fehlt die Tiefe, die Sinnlichkeit. Ich schließe die Schublade mit einem trockenen Knall. Ich schlüpfe in eine Jeans und in ein T-Shirt, ohne mir die Mühe zu machen, mich zu duschen. Ich werde mich in die Achterbahn von Venice Beach stürzen.

McGill war enttäuscht. Die Untersuchung ging nicht so schnell voran, wie er es sich wünschte. Wir hatten anfangs wirklich professionell und erfolgreich gearbeitet, aber das Glück kam uns, wie ich schon befürchtet hatte, nicht zu Hilfe. Alle Videos, die in den benachbarten Villen eingesammelt und von den Mitarbeitern ausgewertet worden waren, ergaben nichts. Man erkannte darauf nur endlose feststehende Einstellungen oder ein An- und Abfahren von Autos und Lieferwagen oder eilige beziehungsweise langsame Schritte anonymer Fußgänger. Aber nicht den geringsten Mörder. Nicht den kleinsten Überfall. Man hätte an Los Angeles verzweifeln können. Kein Zeuge hatte sich spontan gemeldet, und wir zogen ernsthaft in Erwägung, eine Prämie auszusetzen, um eventuelle Mitwisser zu Aussagen zu verlocken oder gewisse Gedächtnisse aufzufrischen. Die Befragungen der Kumpels von Billy hatten letztlich auch keine neuen Erkenntnisse gebracht. Man schilderte uns einen netten, etwas bekloppten, etwas manisch-depressiven Jungen. Es hieß: »Er war anbetungswürdig, ein vom Himmel gefallener Engel, und immer zu Diensten.« Wir hörten auch: »Er war eine echte Nervensäge und ein Blitzableiter für Katastrophen.« Und zweifellos ergänzten sich diese beiden auf den ersten Blick widersprüchlichen Porträts. Sie ergaben ein psychologisches Profil, das möglicherweise nicht unwichtig war, uns jedoch in unserer Untersuchung nicht weiterhalf. Man hätte schwören mögen, dass dieser Tod niemanden interessierte.

Und diese offensichtliche Unbeliebtheit machte mir Billy natürlich sympathisch. Ich empfand Mitgefühl für den Paria, den Verlorenen, auf den offensichtlich alle pfiffen. Ich sagte mir: Man kann nicht einfach so mit ihm umspringen und seine Sache ad acta legen, nur weil sich niemand die Mühe macht, ihm die Zeit oder die Aufmerksamkeit zu widmen, die sein Tod verlangt. McGill teilte meinen Standpunkt. Aber aus anderen Gründen: Er mochte es nicht, dass man sich um der Gerechtigkeit willen die Beine ausriss, wenn, auf die eine oder andere Weise, Reiche in einen Fall verwickelt waren, aber untätig blieb, wenn es einem armen Typen an den Kragen ging. Das war sein geheimer Traum von einer egalitären Gerechtigkeit. Er wurde häufig desillusioniert, aber er gab nie klein bei.

Wir beschlossen also, einige der Jungs, die in den dunklen Nebenstraßen des Hollywood Boulevard den Ton angeben, erneut zu befragen. Wir mussten uns vergewissern, dass uns kein wichtiges Detail, keine nützliche Information entgangen war. Wir haben also die Chefs des Elends auf der Wache an uns vorbeiziehen lassen. Wir haben uns auch an Ort und Stelle begeben, um den Nachtschwärmern ein paar Augenblicke zu stehlen. Ich erinnere mich genau an sie alle: die mickrigen Jugendlichen, die Stammgäste der Fitnesszentren, die schrillen Tunten, die aufdringlichen Transvestiten, die schwarzen Riesen, die Latinos mit den Kuhaugen. Ich erinnere mich an ihre Aufmachung: zerrissene Jeans, Lederhosen, ärmellose Trikots, Blumenkleider,

Bandanas in den Gesäßtaschen, tiefe Dekolletés, die den Blick auf die flachen, enthaarten Brustkörbe freigaben, eng anliegende Shorts. Ich erinnere mich an ihre Reaktionen: Ausrufe, Glucksen, verstocktes Schweigen, schamlose Lügen, schäbige Geständnisse, Ausspucken vor unseren Füßen. Ich bemühte mich, mir nichts anmerken zu lassen, während dies meinen Partner keinerlei Anstrengung kostete: Der regelmäßige Umgang mit Ganoven, Zuhältern und Dealern verschaffte ihm eine absolute Gleichgültigkeit, eine bewundernswerte Gelassenheit. Am Ende mussten wir uns trotz allem eingestehen, dass unsere Untersuchungen nicht sehr viel ergeben hatten.

Auf dem Rückweg zur Wache sagte McGill: »In zehn Jahren, im neuen Jahrtausend, soll angeblich alles einfacher werden, die Polizei wird solche Fortschritte gemacht haben, dass die Schuldigen uns nicht mehr werden entkommen können. Das wird zumindest in Kreisen, die es wissen müssen, und in Filmen gesagt. Aber ich glaube nicht so recht daran.« Ich hielt es nicht für angebracht, meine Meinung zu sagen, ich hatte keine dazu.

Und dann frischte er meine Erinnerung auf: Ich musste Jack Bell anrufen. Ich versicherte ihm, dass ich es vergessen hätte. Das stimmte offensichtlich nicht, und er wusste es.

»Ich wollte Sie wiedersehen, Lieutenant, weil ich Ihnen neulich nicht die ganze Wahrheit gesagt habe.« Ich hatte noch nicht einmal die Zeit gehabt, mich auf eines der beigen Sofas zu setzen. Als ich schließlich darin versunken war, habe ich den Kopf gehoben, um das Gesicht von Jack Bell genauer zu betrachten. Er hatte den verlegenen Ausdruck eines kleinen Jungen, der sich gerade dabei erwischen lässt, wie er, auf einem Stuhl schaukelnd, den Finger in einen Marmeladentopf steckt. Oder eher wie ein gerade in die Pubertät gekommener Halbwüchsiger, den seine Mutter, umgeben von Pornoheften, beim Masturbieren in seinem Zimmer ertappt. Und ich gebe es zu, er hat mich gerührt, dieser Junge. Obwohl ich einen Horror davor hatte, auf den Arm genommen zu werden, und nicht aus dem Blick verlor, dass eine Falschaussage ein schweres Delikt ist, habe ich in diesem Moment eine verwerfliche Schwäche für den Lügner empfunden. Und wenn alles von hier ausgegangen wäre? Und wenn ich mir, indem ich mir den ersten Vorwurf verbot, bis zum Ende jedes Urteil verboten hätte?

»Ich würde gern ein Bier trinken, wenn Sie eines dahaben.« Er blickte mich prüfend an und fragte sich bestimmt, ob ich mich über ihn lustig machte oder ob ich ein so raffinierter Spürhund war, dass seine Mitteilung mich überhaupt nicht überraschte. Er verharrte einige Sekunden schweigend, ehe er zur Bar ging. Er brachte zwei gekühlte Flaschen Bier. Da ich das Glas zurückwies, das er mir anbot, kamen wir schweigend überein, direkt aus der Flasche zu trinken. Man war unter Männern. Es war vielleicht etwas lächerlich.

»Sie wirken nicht überrascht.« Er musste es herausbekommen. Musste herausbekommen, ob ich etwas in der Hinterhand hatte. Ob meine Befragung beim letzten Mal nur ein Täuschungsmanöver oder eine Art Köder gewesen war. Ob ich in der Zwischenzeit Informationen über ihn erhalten hatte. Er geriet in Panik, und diese kindliche Angst machte ihn noch rührender. Ich hätte mich heimlich am Wanken des Idols weiden können, aber ich bin nie von solchen Phantasien geplagt worden.

Sein Hemd gab den Blick frei auf eine unbehaarte Brust, und ich war etwas verwirrt, ohne offensichtlich in der Lage zu sein, dieser Verwirrung einen Namen geben zu können. Immerhin standen mir in diesem Augenblick die Bilder der Strichjungen wie im Blitzlicht vor Augen. Wenn mein Urteilsvermögen nicht eingeschränkt gewesen wäre, hätte ich zweifellos mein Missbehagen vom vorangehenden Abend besser verstanden.

»Sie täuschen sich. Ich bin überrascht. Aber meine Anpassungsfähigkeit an Unvorhergesehenes ist anerkanntermaßen groß.« Ich war nicht abgeneigt, von Zeit zu Zeit die desillusionierten Polizisten nachzuahmen, die man in den *Films noirs* der fünfziger Jahre mit müden, verrauchten Stimmen im Off reden hört. Ich war mir nicht bewusst, dass ich auf meine Weise gerade eine Liebesgeschichte angestoßen hatte. Ich wollte diesem Typen gefallen. Ich hätte ihn verachten oder ignorieren können. Stattdessen versuchte ich tatsächlich, eine Verbindung zu ihm aufzubauen.

»Ich habe Billy Greenfield im Frühjahr 89 kennengelernt. Er hing auf einem Megaempfang herum, den einer meiner Freunde am Swimmingpool in Bel Air gab. Er war der Gigolo einer der Gäste, wenn mich meine Erinnerung nicht täuscht. Er war so um die achtzehn Jahre alt. Er schien sich zwischen den exotischen Bäumen, den Sonnenschirmen und den Mädchen im Badeanzug zu langweilen. Ich weiß nicht mehr, wie wir miteinander ins Gespräch kamen. Jedenfalls habe ich verstanden, dass er mir Gras beschaffen wollte. Es sei ganz einfach, ich sagte ja, das war's.«

Das war's. Er hatte seinen Monolog in einem Zug heruntergespult, ohne Atem zu holen. Ehrlich gesagt, im Film war er ein besserer Schauspieler. Indessen zeugte seine Unbeholfenheit in gewisser Weise von seiner Aufrichtigkeit. Er fühlte sich tatsächlich nicht wohl in seiner Haut. Ich hatte keinen hinreichenden Grund, an der Wahrheit seiner Worte zu zweifeln.

»Und plötzlich erinnern Sie sich wieder daran?« Ich musste mich sarkastisch und ein wenig erbost zeigen, und misstrauisch. Ohne das wären die Rollen nicht richtig verteilt gewesen. Zu Beginn habe ich den Schein gewahrt.

»Nein, ich habe Sie absichtlich belogen.« Mit diesem Eingeständnis hat er schwer gepunktet. Wenn er ausgewichen wäre, wenn er um den heißen Brei herumgeredet hätte, wäre ich versucht gewesen, ihm eine unerfreuliche Viertelstunde zu bereiten. Man darf nicht davor zurückschrecken, denen, die uns für blöd verkaufen, mit Brutalität zu drohen. Aber seine arrogante Offenheit ist mir erfrischend vorgekommen, und bezaubernd. Er hatte mich »absichtlich belogen«.

»Kann ich erfahren, warum?« Ich stellte die Frage fast routinemäßig, wie jemand, den die Antwort nicht interessiert. Ich stellte die Frage zu dem einzigen Zweck, mir nicht fehlende Neugierde vorwerfen zu lassen. Ich spürte indessen dunkel, dass wir im Begriff waren, in etwas hineinzutaumeln, wäre jedoch nicht imstande gewesen zu sagen, in was.

»Man hat immer etwas Angst, wenn ein Polizist auftaucht, um einem Fragen zu stellen, vor allem, wenn es um Mord geht.«

»Haben Sie Angst vor mir?«

»Nein.«

Wenn ich zurückdenke, muss ich zugeben, dass Jack mich viel und lange Zeit belogen hat. Ich sollte ihm böse sein, dass er mich an der Nase herumgeführt hat, aber es gelingt mir nicht.

Erstens finde ich Entschuldigungen für ihn. Er wusste nichts von mir, außer dass ich Polizist war. Warum hätte er mir vertrauen sollen? Und warum hätte er mir etwas enthüllen sollen, von dem er vernünftigerweise hoffen konnte, dass es nie entdeckt würde? An seiner Stelle hätte ich es genauso gemacht. Ein Kind, das eine entsetzliche Dummheit begangen hat, wird seinen Eltern eine Schandtat nicht aus freien Stücken beichten, im Gegenteil, es verschweigt sie, solange es geht, in der Hoffnung, dass sie nie ans Tageslicht kommt. Und wenn sie aufgedeckt wird, ist seine erste Reaktion, jede Schuld zu leugnen. Und wenn diese Schuld außer Frage steht, wird es sich damit zufriedengeben, sie teilweise einzugestehen, bisweilen gegen ihre Offensichtlichkeit aufbegehrend, aber überzeugt, richtig gehandelt zu haben, weil es eingewilligt hat, auf einen Teil seiner anfänglichen Lügen zu verzichten. Jack war ein Kind.

Außerdem lag zweifellos auch ein Stück Berechnung in seinen scheibchenweisen Geständnissen. Jack spekulierte darauf, dass diese in der Tat spärlichen Skrupel zu seinen

Gunsten ausgelegt würden. Indem er ein paar Informationen herausrückte, verfolgte er in Wirklichkeit zwei Ziele: Den Verdacht von sich abzulenken, indem er zeigte, dass er bereit war zu reden, ohne dass man ihm Fragen stellte, und das Wohlwollen der Polizei für den Fall zu gewinnen, dass die Dinge wirklich eine schlechte Wendung nehmen würden. Das war ganz richtig gesehen. Ein Typ, der sich etwas vorzuwerfen hat, sucht nicht um ein erneutes Treffen mit den Behörden nach, er verhält sich still und wartet, bis das Gewitter vorbeizieht. Er meldet sich nur, wenn er unschuldig ist. Oder blöde. Jack war weder das eine noch das andere. Er war ängstlich und pervers.

Aber vor allem wollte er mich wiedersehen. Und das hatte ich noch nicht begriffen.

Polizisten sind auch pervers. Und ziemlich häufig paranoid. Für sie kann jemand, der sich der Polizei anvertraut, ein ganz ausgezeichneter Bluffer sein. Deshalb schließen sie nie aus, dass er mit dem Ziel, dem Verdacht zu entgehen, auspackt. Ich weiß, das ist schwer nachzuvollziehen, aber die Wände meines Büros würden nicht ausreichen, um die Namen der Manipulatoren aller Art dieser von innen heraus verrotteten Stadt darauf zu notieren.

Mir ist klar, dass die bruchstückhaften Geständnisse für Jack die Gelegenheit boten, mich erneut zu treffen. Zweifellos war dieses Vorgehen anfangs ohne Berechnung. Aber er hat ziemlich schnell gewusst, was er tat. Er war selbst erschrocken über seine Dreistigkeit, über diese provozierende Art, sich in die Höhle des Löwen zu wagen. Er war vor allem erschrocken, als er nach und nach die Gründe für sein Verhalten durchschaute. Ja, er war von der Angst überrollt worden. Das hat ihn jedoch nicht aufgehalten.

Ich war der Löwe. Aber wie hat er ahnen können, dass ich mich weigern würde, ihn zu verschlingen? Wie hat er mir das angesehen? War es so unübersehbar, ohne dass ich mir darüber im Klaren war? Oder hatte er einen Hang zum Risiko, einen Sinn für die Wette? Oder trieben ihn eine abgrundtiefe Verzweiflung, selbstmörderische Absichten? Nein, um offen zu sein, ich glaube, es war unübersehbar.

In Wirklichkeit war ich nicht der Löwe. Und er hatte nichts von einem Lamm.

»Und haben Sie ihn nach diesem Empfang in Bel Air wiedergesehen?« Um Missverständnissen vorzubeugen: Ich hatte eigentlich nicht den Eindruck, einen Typen vor mir zu haben, der viel von der Sache wusste und mir nur einen Teil davon preisgab, ich beschränkte mich einfach darauf, meinen Job zu machen. Man hatte mir beigebracht, dass man immer eine Frage mehr stellen und den Leuten die Würmer aus der Nase ziehen muss. In diesem Augenblick war ich noch der brave Schüler.

»Wir sind uns ein- oder zweimal begegnet. Auf anderen Partys. Ich erinnere mich nicht mehr an die näheren Umstände. Wissen Sie, bei meinem Beruf ist man ziemlich häufig irgendwo eingeladen, man trifft viele Leute, aber die Swimmingpools gleichen sich, die langen Kleider sind die immergleichen, die Unterhaltungen geben einem das Gefühl, man habe sie früher, anderswo schon gehört, man achtet nicht mehr wirklich darauf, man kann auch nicht mehr wirklich einen Unterschied feststellen, im Übrigen hat das keinerlei Bedeutung, man zeigt sich, man trinkt ein oder zwei oder mehr Gläser, man antwortet auf Fragen, man lächelt, man geht wieder, das ist jedes Mal dasselbe Drehbuch.« Ich habe keinen Grund gesehen, Jack Bell zu bemitleiden, ich tat es auch nicht. Trotzdem kam mir seine Erklärung glaubhaft vor. Ich zog sie nicht in Zweifel.

»Und bei diesen Gelegenheiten hat er Ihnen Gras oder anderen Stoff geliefert?«

»Ich erinnere mich nicht daran. Schon möglich.«

Jacks Gedächtnis war unzuverlässig. Diese Unzuverlässigkeit schien mir zu dem ungekämmten und verwirrten jungen Mann vor mir zu passen. Ich war überzeugt, dass der Versuch, seine Erinnerung aufzufrischen, vergeblich sein würde. Wozu sollte man Anstrengungen unternehmen, wenn sie zu nichts führten? Und warum sollte man einem Jungen, der gleichzeitig die Unschuld in seinem zerbrechlichen Blick trug, den Mangel an Beweisen nicht zugutehalten? Ich gab bereitwillig nach.

»Er hat nicht versucht, wie soll ich sagen? … Nun, er hat Ihnen nicht vorgeschlagen …«

»Mit ihm zu schlafen? Nein.«

Ich bin Jack dankbar gewesen, dass er meinen Satz vollendet hat. Für gewöhnlich habe ich keine Schwierigkeiten mit dieser Art Befragung, aber hier, in diesem Moment, habe ich eine gewisse Scheu empfunden. Ich stolperte über die Worte. Es ist immer schamlos, Leuten, die man verhört, Details über ihre sexuellen Praktiken aus der Nase zu ziehen. Aber im vorliegenden Fall war es etwas anderes, ich gebe es zu. Es störte mich, mir Jack mit Billy im Bett vorstellen zu müssen. Diese Vorstellung gefiel mir nicht.

»Gut, wenn Sie mir nichts anderes zu sagen haben, dann brechen wir hier ab.« Offensichtlich hätte ich misstrauischer sein müssen. Ich bin es nicht gewesen, Punktum. Im Grunde war ich gar kein so guter Schüler. Oder vielmehr, ich lernte die Feigheit in Windeseile.

Ich sage *Feigheit*, aber ich hätte *Liebe* sagen sollen.

Mr Jansen hatte einen Lebensmittelladen auf der Baker Street in Bodega Bay. Die Art Laden, wo man seine zusätzlichen Einkäufe macht, wenn gerade die Eier oder das Toilettenpapier fehlen, oder wenn man das Müsli oder die Haferflocken im Supermarkt am Stadtrand vergessen hat. Ich ging jeden Tag morgens auf dem Weg zur Schule und abends auf dem Rückweg an diesem Geschäft vorbei. Ich blieb dort nicht länger stehen, obwohl mich die Süßigkeiten, die neben der Kasse beim Eingang aufgebaut waren, verlockten. Aber ich war acht Jahre alt, hatte kein Geld und eine Mutter, deren Gebote ich respektierte. Dieses Allerheiligste betrat ich nur in ihrer Begleitung: Ich bat darum, sie begleiten zu dürfen, sie erlaubte es.

Mr Jansen war ein altersloser Mann. Heute würde ich sagen, dass er damals fünfzig war. Eine eher traurige Gestalt, man sah ihn nur selten lächeln. Er war nicht streng, nein. Nur einsam und wenig gesprächig. Ein ziemlich großer Mann, aber vielleicht entstand dieser Eindruck nur seiner Magerkeit wegen. Das ganze Leben war in seinem Blick vereint. Er hatte sehr blaue Augen, die einen zu durchleuchten schienen. Ich dachte: Das ist eine Berufskrankheit, er überwacht uns und versucht, uns Angst zu machen, ohne ein Wort sagen zu müssen.

Eines Abends, als ich von der Schule zurückkam, habe ich den Laden allein betreten. Ich hatte wegen eines verlorenen Zahns einen Dollar bekommen, ich verfügte über ein Vermögen, das ich verschwenden konnte. Mein Herz klopfte. Jahre später habe ich dasselbe Gefühl empfunden, als ich die anrüchige Tür eines Sexshops passierte. Obendrein handelte ich dem Gebot meiner Mutter zuwider. Die erste Übertretung vergisst man nicht.

Ich bin in den Gängen herumgestreunt, ohne mich entschließen zu können. Ich hatte das Gefühl, Mr Jansen beobachte mich, und dieser inquisitorische Blick irritierte mich. Da kam eine Dame herein, und ihr Eindringen diente der Ablenkung. In den wenigen Sekunden dieser Ablenkung habe ich jene verrückte Handbewegung gemacht, die ich mir auch Jahre danach noch nicht erklären kann: Ich habe ein paar Karamellbonbons genommen und steckte sie, mit der festen Absicht, sie ohne Bezahlung mitzunehmen, in meine Hosentasche. Ich bin in kürzerer Zeit, als man braucht, um dies auszusprechen, zum Dieb geworden.

Bis dahin war mir der Gedanke, mir etwas anzueignen, was mir nicht gehörte, noch nie gekommen. Inzwischen habe ich gelernt, dass im Leben eines Menschen immer ein Augenblick kommt, wo er mit seinen dunklen Seiten konfrontiert wird. Ein Mord, zum Beispiel, kann nichts als eine zufällige und kurze Kollision mit der eigenen dunklen Natur sein. Für diejenigen, die ihn nicht vorsätzlich begehen, ist der Schritt zur Ausführung häufig nur das Ergebnis eines winzigen Augenblicks, in dem der Mensch zum Ungeheuer wird.

Die Dame ist gegangen, und ich war wieder allein in dem Laden. Mein Herz klopfte noch stärker. Mr Jansen verließ seinen Ladentisch, näherte sich mit langsamen Schritten und pflanzte sich vor mir auf. Sein Gesicht war undurchdringlich, aber seine blauen Augen zeigten einen Ausdruck, der zwischen Kummer und Milde schwankte. Mr Jansen schwieg einige Augenblicke, ehe er sagte: »Magst du sie wirklich, die Karamellbonbons, die du in die Tasche gesteckt hast?« Ich habe ihn verblüfft angeschaut, beschämt darüber, dass ich entlarvt worden war. Mein erster Wunsch war, mich aus dem Staub zu machen, aber sein Körper verstellte mir den Weg. Ich wusste nicht, was ich antworten sollte. Da beugte sich der hochgewachsene Mann zu mir herunter, legte eine Hand auf meine Wange, streichelte mich mit seinem Daumen und murmelte: »Das nächste Mal bittest du mich darum, und ich gebe dir welche.« Und er beugte sich noch ein wenig weiter herab und drückte einen Kuss auf meinen Mundwinkel. Dann legte er seinen Zeigefinger auf den Mund und machte »Pst«.

Ich bin regelmäßig in den Laden von Mr Jansen zurückgekehrt. Jedes Mal schenkte er mir Süßigkeiten. Und jedes Mal küsste er mich oder bemächtigte sich meiner Schultern und massierte sie oder hob meinen Pulli hoch und streichelte mich. Es wurde allmählich unser Geheimnis. Ich habe es nie jemandem verraten. Ich spreche hier das erste Mal darüber.

Warum erzähle ich diese Geschichte? Und warum gerade heute?

Zweifellos um mir in Erinnerung zu rufen, dass ich schon einmal unsichtbare Grenzen überschritten hatte.

Auch um daran zu erinnern, falls man nicht verstanden haben sollte, dass ich zu schweigen verstehe.

Und weil ich an manchen Tagen dort nach einer Erklärung suche, wo sie bestimmt nicht zu finden ist.

Ich warf rasch einen Blick auf die Terrasse hinter der Glasfront und auf den Swimmingpool. Der Ort sah verlassen aus. Keine rothaarige Magersüchtige weit und breit. Nur ein Bademantel, der auf den heißen Fliesen herumlag, und auf einem Gartentisch eine Zeitung, deren erste Seiten vom leichten Wind aufgeblättert wurden.

Ich reichte Jack die Hand, um mich zu verabschieden. Ich rechnete damit, dass er mir auch die Hand geben und mich hinausbegleiten würde. Als er sie mir reichte, ließ der Druck jedoch nicht gleich wieder nach. Ich achtete daraufhin noch mehr auf seinen Gesichtsausdruck und entdeckte eine gewisse Traurigkeit, ja Verzweiflung. Die Angst der Kinder, die Angst, dass sie verlassen werden. Auch ihr Unverständnis. Den stummen Protest. Und dann kamen die Worte, seine Worte, ausgesprochen im Augenblick der Trennung.

»Ich würde Sie gern wiedersehen.«

Ich ließ meine Hand in der seinen, beging diesen verhängnisvollen Fehler. Ja, in dieser Sekunde, das steht fest, habe ich mein Todesurteil unterschrieben. Wenn ich sie reflexartig zurückgezogen hätte, meine Hand, wenn ich die seltsame Feierlichkeit und die seltsame Zärtlichkeit seiner

Frage zurückgewiesen hätte, dann wäre es wahrscheinlich dabei geblieben. Denn der Zauber hätte sich auf der Stelle verflüchtigt. Der wortlose Dialog wäre abgebrochen. Aber die Sache ist nicht so gelaufen.

Ich habe mich seinem Wunsch nicht verschlossen.

Ich dachte: Er hätte andere Worte wählen können, mondänere, weniger kompromittierende. Er hätte sich auf ein »Ich bin sehr erfreut, Ihre Bekanntschaft gemacht zu haben, vielleicht wird sich eine Gelegenheit ergeben, sich wiederzusehen« beschränken können. Er hätte beiläufig äußern können: »Ich werde Sie also nicht mehr sehen?«, in der Hoffnung, Widerspruch zu erfahren. Aber nein. Er hat mich mit der vollendeten Tatsache konfrontiert, mit seiner Dreistigkeit. Hat mich gezwungen, blitzschnell zu entscheiden, wie ich mich verhalten will. Er hat alle Jetons in die Mitte des Tisches geworfen und das Roulette in Gang gesetzt, hat beobachtet, wie die Kugel abprallt, und gewartet, bis sie liegen bleibt, um festzustellen, ob er die Partie gewonnen oder verloren hat. Ich versuchte ein Ausweichmanöver, aber es war zum Scheitern verurteilt. In dieser Art Spiel gewinnt man oder verliert man. Es gibt keine Alternative, kein Dazwischen.

»Sie müssen sich verdammt einsam fühlen, um Lust auf ein erneutes Treffen mit mir zu haben.«

Ich bin überzeugt, dass mein Gesicht von einem armseligen Grinsen verzerrt war, während ich meine Erwiderung, die von boshafter, unpassender Ironie strotzte, von mir gab. Ich versuchte auf eine etwas schäbige Art auszuweichen, aber ich hatte bereits begriffen, dass ich nichts aufhalten würde, der Schuss war abgefeuert. Mein verzweifelter Humor ist nicht angekommen. Ich erhielt die Quittung für mein Ungeschick und meine Befangenheit. Prompt.

»Ich glaube, dass Sie keine Vorstellung von meiner Einsamkeit haben.«

Das war ein absichtlich melodramatischer, absichtlich übertriebener Satz. Es war auch eine halbe Lüge. Nein, Jack war kein einsamer Mensch. Er war sogar verdammt umschwärmt. Und es fiel mir nicht schwer, mir vorzustellen, dass man nicht allein ist, wenn man von so vielen »Freunden« umringt wird. Aber es war auch nicht seine angebliche Einsamkeit, die ihn zu mir trieb. Er wollte nur die sich bietende Gelegenheit ergreifen. Und wenn ein Arrangement mit der Wahrheit das einzige Mittel war, das ihm zur Verfügung stand, um mich zu einem Wiedersehen zu überreden, dann war er ohne Zögern dazu bereit. Er hat nicht einmal nachgedacht. Das alles gestand er mir später.

Er ist rot geworden, senkte den Kopf. Schließlich ließ ich seine Hand los und legte meine auf seinen Unterarm. Seine Haut fühlte sich weich an. Er blickte auf. Ich sagte: »Ich werde dich bald anrufen. Wir werden uns wiedersehen.«

An diesem Nachmittag bin ich nicht direkt ins Büro zurückgekehrt, ich zog es vor, in dieser Stadt herumzulaufen, in der niemand zu Fuß geht, weil hier das Auto König ist. In der Luft lag der Duft von Bougainvillea. Ich kenne mich nicht besonders gut mit Blumen aus, aber ich weiß, wie Bougainvilleas riechen, meine Mutter hat es mir beigebracht, ich habe es nicht vergessen.

Ohne es zu beabsichtigen, fand ich mich auf dem Walk of Fame entlang der Highland Avenue wieder. Ich flanierte über die Sterne, ohne die Namen, die unter meinen Schritten eingraviert waren, wirklich zu beachten. Ich habe mich von fotografierenden japanischen Touristen herumstoßen lassen. Man kam aus der ganzen Welt hierher, um sich die Sohlen an den von Hollywood verbreiteten Mythen abzuwetzen. Ich habe versucht, mir die Gesichter der heißen oder perversen Schauspielerinnen, der Babydolls, der Filmcowboys, der kurzlebigen Stars und der langlebigen Legenden, deren Fußabdrücke auf der Esplanade vor dem Chinesischen Theater festgehalten sind, in Erinnerung zu rufen, und ich bin nicht immer so weit gekommen. Jacks Gesicht schob sich unablässig dazwischen.

Nein, sein Gesicht verließ mich nicht. Und ich wusste nicht, ob ich mich fragen sollte, warum, oder ob ich im

Gegenteil sorgfältig vermeiden sollte, mir die Frage zu stellen. Das Affentheater um mich herum genügte jedenfalls nicht, um mir Ablenkung zu verschaffen. Ich bin zu einer Telefonzelle gegangen, habe in meiner Hosentasche nach Münzen gesucht und die Nummer der Bücherei gewählt. Es hätte mir gutgetan, mit Laura zu reden, aber man sagte mir, sie sei in der Mittagspause. Ich hatte entschieden kein Glück.

Und wenn ich sie an jenem Tag erreicht hätte, wäre ich dann dem allem entkommen?

Ich winkte ein Taxi herbei, um auf die Wache zurückzukehren. Ich kurbelte das Fenster herunter, die Luft glühte. Ich hatte das Gefühl, in der Falle zu sitzen. Ich dachte plötzlich an das Kind, das kommen würde, und zum ersten Mal jagte mir diese Aussicht Angst ein. Ich habe diesen üblen Gedanken auf der Stelle vertrieben, indem ich einen Schwall heißer Luft einatmete.

Als ich das Büro betrat, war McGill da und begrüßte mich mit einem Kopfnicken, ich weiß nicht einmal, ob ich seinen Gruß erwidert habe. Er fragte mich nicht nach den Ergebnissen meiner Vernehmung, und ich habe ihm auch keine mitgeteilt. Hätte ich es getan, vielleicht hätte er dann angeregt, Jack vorzuladen, ihn gründlicher zu befragen und Fingerabdrücke von ihm zu nehmen, um sie mit denen zu vergleichen, die der Gerichtsmediziner gefunden hatte, und er hätte recht gehabt. Ich fürchtete diese zusätzlichen Untersuchungen nicht sonderlich, aber ich fühlte mich nicht imstande, das Risiko auf mich zu nehmen. Ein absurdes Vorgefühl.

Ich ahnte vor allem, dass ich nicht von Jack reden durfte. Dass es gefährlich war, von ihm zu reden, dass es gefährlich war, an ihn zu denken.

Ich fasste zunächst den Entschluss, ihn entgegen meinem Versprechen nicht anzurufen. Ich hatte das Recht, seiner Bitte nicht Folge zu leisten. Und überhaupt, was sollte ein Polizist mit einem Filmstar anfangen, umso mehr, wenn ihre Wege sich über einer Leiche kreuzten? Und was sollten sie sich zu sagen haben? Ich holte das Papier hervor, auf dem ich seine Telefonnummer notiert hatte, ballte es zusammen und warf es in den Papierkorb.

Eine Stunde später klaubte ich das zerknüllte Papier wieder aus dem Papierkorb. McGill ist dieses kleine Manöver nicht entgangen. Er enthielt sich dennoch jeden Kommentars. Er hat gut daran getan. Ich war nicht in der Stimmung.

Ich weiß nicht, wie ich auf eine solche Idee kommen konnte. Heute erscheint mir das verrückt. Aber zweifellos musste es sein. Zweifellos habe ich nicht verstanden, meine Triebe zu beherrschen. Ich habe Jack zum Dinner nach Hause eingeladen, ja, zu mir nach Hause, in meine Wohnung, mit meiner Frau. Manchmal ermessen wir unsere eigene Perversität nicht, sie entgeht uns.

Als ich ihn endlich anrief, muss er gesagt haben: »Lass uns öffentliche Orte meiden, ich werde leicht erkannt, wir würden die ganze Zeit gestört.« Und außerdem hatte ich nicht den geringsten Grund, ihn vor Laura zu verbergen. Um ehrlich zu sein, ich war insgeheim vielleicht sogar etwas stolz, meiner Gefährtin einen Filmstar zu präsentieren. Jedenfalls sagte ich mir: »Es wird Laura Vergnügen bereiten.« Im Rückblick läuft es mir bei diesem Satz kalt den Rücken herunter. Entschuldigungen erfindet man bisweilen!

Immerhin habe ich am Telefon noch zu Jack gesagt: »Du kannst natürlich jemanden mitbringen. Wenn du gerade eine Verlobte hast, kann sie sich uns anschließen.« Ich spielte mich auf. Ich spielte denjenigen, der die Zeitungen gelesen hat. Außerdem hielt ich mich an die gängigen Regeln: Ein Paar lädt ein anderes Paar zum Essen ein, nichts anderes. Eine konventionelle Angelegenheit, nichts weiter.

Und gegen meinen Willen versuchte ich, ihn zu entmutigen, oder ihm klarzumachen, dass er sich irrte: Er hatte nichts von mir zu erwarten, ich hatte, was ihn betraf, keinerlei Absichten. Offensichtlich belog ich nicht ihn, sondern mich.

Er hatte mir umgehend geantwortet: »Ich werde allein kommen«, ohne nähere Einzelheiten. Seine Antwort hatte mich erst einmal erleichtert, dann aber nachdenklich gestimmt: Ging er ohne sie aus, hatte sie keine Zeit an diesem Abend, lehnte er es ab, sie vorzuführen, oder war er wieder Single? Ich weiß jedoch, dass ich, ohne es mir einzugestehen, nach dieser Absage hoffte, die magere Rothaarige sei über Bord gegangen.

Ich hatte mich auf seine Verspätung eingestellt, er ist pünktlich erschienen, mit einer sehr guten Flasche Wein in der Hand. Als ich ihn im Türrahmen stehen sah, war ich wie vom Blitz getroffen. Und das nicht nur, weil er an diesem Abend so schön war, nein. In Wirklichkeit hatte ich das Gefühl, absichtlich eine wandelnde Katastrophe in unsere Wohnung einzulassen, die im Vorbeigehen unter dem Anschein größter Harmlosigkeit alles verwüsten würde.

Jack hat Laura mit großer Beflissenheit vermischt mit Zurückhaltung begrüßt. Sie bemühte sich, entspannt zu wirken, aber ich spürte ihre Nervosität, und ich hatte beobachtet, welchen Übereifer sie beim Empfang ihres berühmten Gastes an den Tag legte. Sie hatte sich sogar leicht geschminkt, was sie sonst nie tat. Ich wandte den Blick ab, noch versuchte ich, das, was mir in die Augen sprang, nicht zu sehen.

Es ist überflüssig, dass ich über dieses Essen Worte verliere. Umso mehr, als sich nichts Ungewöhnliches ereignet hat. Die Unterhaltung drehte sich um die verschiedensten, häufig belanglosen Themen. Jack und Laura redeten die meiste Zeit, ich sagte fast nichts und hielt mich im Hintergrund. Der Wein war (wenigstens einmal!) gut, die Pasta ebenfalls, wir waren ein wenig betrunken und ein wenig lustig. Sehr schnell hat sich Vertrautheit eingestellt und mit ihr eine Art Lockerheit.

Es bestand kein Zweifel, das Drama spielte sich in aller Stille vor mir ab. Laura bemerkte nichts, und diese Ahnungslosigkeit trug zu dem Drama bei. Jack dagegen verstand alles. Er hatte es von der ersten Sekunde an verstanden. Er ließ nichts durchblicken und spielte ganz vortrefflich ein doppeltes Spiel. Hin und wieder warf er mir bedeutungsvolle Blicke zu und ließ sie auf mir ruhen, ich beobachtete ihn, ohnmächtig, überwältigt.

Schlag Mitternacht hat er sich von uns verabschiedet. Laura und er haben sich geküsst wie alte Bekannte, mit dem Versprechen, sich bald wiederzusehen. Diese Lüge kam mir widerwärtig und notwendig vor. Sie ist auf ihn hereingefallen, ohne jeden Vorbehalt. Der Widerschein der Kerzen auf dem Tisch hatte ihre Wangen gerötet.

Ich brachte Jack bis an die Haustür, genau an den Ort, an dem er mir drei Stunden früher entgegengetreten war. Wir drückten uns wortlos die Hand. Er lächelte, ohne Prahlerei. Ich habe meine Niederlage eingestanden, indem ich sein Lächeln erwiderte.

Am nächsten Tag rief er an. Er versuchte zunächst, mich zu Hause zu erreichen, vergeblich, ich war schon weg und Laura ebenfalls. Da hat er die Nummer der Polizeiwache herausgesucht, ist bei dem Mädchen in der Telefonzentrale gelandet, und die hat mich mit ihm verbunden, ohne auch nur nach seinem Namen zu fragen. Als ich abhob und seine Stimme erkannte, muss ich ausgesehen haben wie ein Tier, das ins Scheinwerferlicht eines Autos gerät.

Er gab sich nicht einmal die Mühe, auf den vorigen Abend zu sprechen zu kommen. Wir waren weiter, wozu das Drehbuch der gesellschaftlichen Komödie auslegen? Er sagte: »Ich komme in einer Stunde vorbei und hole dich ab. Wir fahren nach Monterey.« Ich sagte: »Ich erwarte dich.« Die Würfel waren gefallen.

Während dieser Stunde, die ich auf ihn wartete, habe ich versucht, den Schlüssel für das unabweisbare Bedürfnis zu finden, das mich zu ihm trieb. Ich habe versucht herauszubekommen, warum ein guter Polizist in ein intimes Verhältnis mit einem bekannten Schauspieler einwilligt, der vielleicht in einen Mord verwickelt ist, und vor allem, warum ein verheirateter Mann, der bald Vater wird, in Begleitung eines zwielichtigen Individuums, von dem er fast nichts weiß, zu einer Spritztour auf der SR-1 aufbricht. In

Wirklichkeit bedurfte es keiner großen Anstrengung, um zu verstehen, was sich da anbahnte, aber einer enormen Anstrengung, um es zuzugeben.

In dieser Stunde habe ich gleichzeitig mit großer Entschlossenheit und erstaunlicher Kaltblütigkeit gehandelt. Ohne erkennbare Erregung habe ich McGill davon in Kenntnis gesetzt, dass ich für mindestens vierundzwanzig Stunden abwesend sein würde, habe ihn gebeten, ohne mich zurechtzukommen, und habe ihm keine Erklärung für meine Abwesenheit gegeben. Im Anschluss daran rief ich Laura in der Bücherei und log ihr, ohne zu zittern, vor: Ich müsse nach San Francisco, Billy Greenfields Spur führe dorthin, sie stellte mir keine Frage, warum hätte sie es auch tun sollen, meine Untersuchungen hatten mich schon zwei- oder dreimal zu unvorhergesehenen Reisen veranlasst. Sie sagte, ohne im Geringsten zu betteln: »Weißt du, ob du heute Abend zurück sein wirst?« Ich antwortete, dass ich es nicht wisse, aber dass ich sie anrufen würde, sobald ich klarer sähe. Sie verabschiedete mich mit einem »ich liebe dich«, worauf ich ohne zu zögern mit einem »ich dich auch« geantwortet habe.

Ich dachte: Ich breche ohne alles auf, ohne Kleider zum Wechseln, sogar ohne Zahnbürste. Ich nahm mir vor, im Einkaufszentrum am Ende der Straße eine zu besorgen, verzichtete dann aber darauf. Ich wusste nicht, wie lange unsere Reise dauern würde, und ich wollte es nicht wissen.

Warum hatte er Monterey gewählt? Ich kannte die Stadt, weil ich dort während meiner Kindheit ein paar Mal gewesen war, Bodega Bay ist nicht so weit entfernt, genau auf der anderen Seite der Bucht von San Francisco. Ich erinnerte mich an ein Seebad für reiche Rentner und an Bilder von einem bebauten Strand. Besaß er Verbindungen in dieser Gegend? Und warum 300 Meilen weit weg von L. A.? Welches Bedürfnis trieb ihn dazu, eine so große Distanz zwischen die Stadt und uns zu legen?

Und da man sich nicht so leicht seiner Polizistenreflexe entledigt, konnte ich nicht vermeiden, auf die Umstände zurückzukommen, die uns zueinandergeführt hatten, Jack und mich. Gab es in Monterey irgendetwas, was mit dem Mord an Billy zu tun hatte? Um es Ihnen gleich zu sagen: Die Antwort ist nein. In Wirklichkeit gingen wir aus einem einzigen Grund dorthin: um allein zu sein.

Ich stellte mich ans Fenster meines Büros und habe, eine Marlboro rauchend, gewartet. Der Wagen, ein Spyder mit aufklappbarem Verdeck aus den sechziger Jahren, bog um die Straßenecke. Ich stürzte die Treppe hinunter.

Die ersten Minuten sind ereignislos gewesen. Ich erinnere mich an die Sonne und an das Schweigen. Wir verließen die Stadt, ohne ein Wort zu wechseln. Jack war auf die Ampeln, die Kreuzungen, die Verkehrsschilder konzentriert. Ich bemühte mich, nicht in seine Richtung zu blicken. Ich hatte natürlich bemerkt, dass er eine Mütze aufhatte, und die Haare quollen im Nacken darunter hervor; er trug eine Sonnenbrille, die sein Gesicht hart machte; er hatte eine Zigarettenpackung in den Ärmel seines T-Shirts gerollt, das mich an die Schwarz-Weiß-Fotos von James Dean erinnerte. Aber ich schaute geradeaus. Er fuhr nervös, ich hatte keine Angst.

Die Bilder der letzten Tage begannen sich in die vorbeiziehende Landschaft einzuschieben. Alles war so schnell gegangen. Die Entdeckung seines Namens in dem Notizbuch, die erste Begegnung, die zweite, das Abendessen mit Laura. Sobald ich mir erlaubte, länger als eine Minute darüber nachzudenken, wurde mir klar, dass dem, was mit uns geschah, etwas Irreales anhaftete. Die Dringlichkeit, die Gewissheit. Dennoch sah ich nicht, wie ich es hätte anstellen können, mich nicht an seiner Seite in einem Sportwagen zu befinden, der am Meer entlangfuhr.

Das Radio spielte verschwommene Melodien, die vom warmen Wind und den schnurrenden Geräuschen des Motors überdeckt wurden. Die Palmen bewegten sich sanft wie in den Fernsehserien. Die Wasserfläche des Pazifik war geriffelt von Lichtreflexen und einem Blau, das man für künstlich hätte halten können.

Ohne anzuhalten, sind wir durch Santa Barbara gefahren. Ich habe kaum Zeit gehabt, die Häuser aus Adobeziegeln und die vielen erhaltenen Spuren einer spanischen Vergangenheit zu sehen. Die Arkaden boten schicken Läden und älteren Frauen mit zu blonden oder zu dauergewellten Haaren Schutz. In Solvang wimmelte es nur so von Touristen. Sie belagerten die falschen Windmühlen dieser merkwürdigen skandinavischen Stadt, die von schreienden Farben troff. Das hier war nicht Amerika, es gefiel mir nicht. In San Luis Obispo haben wir ebenfalls nicht angehalten. Dabei bekam ich allmählich entsetzlichen Hunger, aber hier war alles vulgär und geschäftsmäßig. Jack hat erst eingewilligt, den Motor abzuschalten, als wir in Big Sur einfuhren.

Ich liebte diese Stadt, die zwischen Wäldern von Mammutbäumen und felsigen kleinen Buchten eingeschlossen ist, schon seit langem. Ich hatte dort eine Woche mit meinen Eltern verbracht, ich muss damals zehn Jahre alt gewesen sein, dieser Rest ungezähmter Natur hatte mich tief beeindruckt, und ich hatte mir gesagt, wenn man die Zurückgezogenheit schätzt, wäre Big Sur der ideale Ort. Jack hat in der Nähe eines kleinen Pfades geparkt. Als wir aus dem Wagen stiegen, roch es nach Gischt, nach Meer. Jack schlug eine kleine Bar vor, in der gute Hamburger serviert würden. Ich widersprach nicht. Er war nicht mehr der schüchterne junge Mann, den ich beim ersten Mal vor mir zu haben glaubte. Er gab sich selbstsicher und traf die Entscheidungen, ich ließ ihn machen. Es war sein Territorium. Diesen Ausflug hatte er für uns beide beschlossen.

Dennoch ist seine Miene sanfter geworden, als wir uns erneut gegenübersaßen. Ich habe sogar ein wenig Verwirrung gespürt. Er warf mir manchmal den kurzen Blick eines Schiffbrüchigen zu, ja er hatte den Ausdruck, den Leute kurz vor dem Untergang haben. Und dann kehrte die Sanftheit zurück, eine Güte, die ich noch nicht Zärtlichkeit zu nennen wagte, etwas wie ein unterdrückter Wunsch. Er beobachtete unsere Umgebung, auch das. Aber in der Bar gab es nichts zu sehen, nichts, nur eine Bedienung, die in eine rote Uniform gezwängt war, Rucksacktouristen, die ihre Motorräder hinter der Glasfront geparkt hatten, Wanderer, die Rast machen wollten, und zwei Greise, die Stammgäste zu sein schienen. Keiner interessierte sich für uns. Keiner hatte Jack erkannt. Man hätte schwören mögen, dieser Ort sei nicht mit der Welt verbunden.

Während des Essens haben wir ein paar Worte gewechselt, alltägliche Sätze, belanglose Dinge, wie Paare es tun, die auf dem Weg in den Urlaub an Autobahnraststätten Halt machen. Zweifellos herrschte noch Verlegenheit zwischen uns und das Unbehagen derer, für die sich entscheidende Momente am Horizont abzeichnen, aber es gab auch schon die einfachen Worte normaler Liebender.

Wir sind weitergefahren. Legten die letzten Meilen des Pazifikküstenhighways zurück. Ließen rasch die Berge von Carmel hinter uns. Und dann haben sich hinter einem leichten Nebel die weißen Holzhäuser entlang der Küste von Monterey abgezeichnet.

Der Spyder bog zur Bucht ab. Jack drosselte die Geschwindigkeit. Ein junger Mann mit nacktem Oberkörper las eine Zeitung, an die Borke einer Palme gelehnt. Ein etwas zu sehr aufgetakeltes Mädchen bewegte sich langsam auf Rollerskates, wie eine Schwimmerin in der Luft, und studierte offensichtlich ihre Wirkung auf die männlichen Passanten. Der Junge mit dem nackten Oberkörper hat den Kopf nicht gehoben. Ich habe gelächelt.

Jack fuhr zum Hafen. Er schien sein Ziel genau zu kennen: den Fremont Boulevard. Auf dem Parkplatz eines Motels hielt er an. Er wandte sich mir zu und sagte: »Ich hatte eigentlich vor, mit dir in die Stadt zu gehen, es ist ein angenehmer Spaziergang, ich habe ihn oft gemacht und fühle mich hier so wohl, aber das wäre eine weitere Ablenkung.« Ich sagte: »Ich warte hier auf dich.« Von nun an tat ich nur noch eines, auf ihn warten.

Er stieg aus dem Auto aus und ging in die Hotelhalle des Lone Oak. Ich bin auch ausgestiegen und lehnte mich gegen das glühend heiße Metall der Tür. Ich zündete mir eine Zigarette an und betrachtete die Balustrade des Motels, die Flucht der Zimmer und hörte das Tosen der Wogen direkt dahinter. Die Sonne hatte ihren höchsten Stand erreicht, und trotzdem stellte ich fest, dass ich Gänsehaut auf den Unterarmen hatte. Du erstaunst mich.

Jack kehrte zurück, er sagte: »Wir haben die 17.« Er ging eine Treppe hinauf, ich folgte ihm auf dem Fuß. Ich versuchte, nicht an das zu denken, was uns erwartete. Oder vielmehr: Ich versuchte zu vergessen, dass ich nichts von dem verstand, was ich gleich tun würde. In diesem Augenblick wusste ich noch nicht, dass die Gesten so einfach sein würden.

Ja, ich zwang mich, nicht nachzudenken. Alles war nur eine Frage der Unbefangenheit, der Hingabe.

Jack betrat als Erster das Zimmer, er hielt mir die Tür auf und schloss sie wieder hinter mir. Eigentlich hätte er die Initiative ergreifen müssen. Aber ich war es, der ihn gegen die Tür drückte, ich bemächtigte mich seines Mundes, ich presste meinen Körper gegen seinen. Es waren gierige, heftige, unaufschiebbare Küsse, Spuren eines sonderbaren Schmerzes. Es waren Küsse wie Tränen.

Ich riss mir mein Hemd herunter. Ich nahm ihm seine Mütze ab, zog ihm ungeschickt sein T-Shirt aus. Berührungen der Haut, der Oberkörper, der Leiber. Ich hielt sein Gesicht mit beiden Händen fest, um ihn weiter zu küssen, zu verschlingen. Wir wurden von einer Raserei, einer unglaublichen Erregung ergriffen. Ich spürte, wie sein Schwanz unter dem Stoff seiner Jeans steif wurde. Auch ich bekam einen Ständer. Ich kniete nieder und hakte seine Hose auf. Sein Schwanz ist aus der Jeans herausgeschnellt, ich bin auf der Stelle über ihn hergefallen. Ich hatte noch nie etwas Ähnliches gemacht. Dennoch schien es mir die einfachste Sache der Welt zu sein. Jack seinerseits hat mir einen geblasen. Ich fasste mit der Hand in seine zerzausten

Haare, klammerte mich an seinem Nacken fest, ich konnte die Augen nicht offen halten. Und dann ließen wir uns auf das Bett fallen. Rasende Umarmungen, wilde Liebkosungen, krampfhaftes Stöhnen. Sanftheit, Langsamkeit waren uns unmöglich. Er spuckte auf seinen Schwanz, auf meinen Hintern, und er drang in mich ein. Und es hat mich zerrissen. Ich habe mich in der Bettdecke festgekrallt, die Tränen unterdrückt, aber dieser Schmerz hat mir unendlich gut gefallen. Um nichts in der Welt hätte ich gewollt, dass Jack sein Stoßen beendet hätte, den wiegenden Druck seiner Hüften gegen mein Gesäß. Wir sind im Sekundenabstand gekommen. Ich habe seinen warmen Erguss auf meinem Rücken gespürt und gesehen, wie der meine die Decke beschmierte. Wir sind beide im selben Moment erschlafft, besiegt. Jack lag noch immer auf mir, er ist auf die Seite gerollt. Diesmal hatte ich die Augen weit geöffnet.

Ich habe noch nie mit einem Kerl geschlafen. Ich hatte niemals auch nur einen berührt.

Ich erinnere mich nicht mehr, wie oft wir an diesem Tag und in dieser Nacht Sex miteinander hatten. Ich erinnere mich nur noch, dass wir erst am nächsten Morgen den Fuß vor die Tür gesetzt haben. Jack schlief auf dem Bauch, die Laken waren längst ans Fußende des Bettes gerutscht, er hatte seinen Kopf im Kissen vergraben und ein Knie angewinkelt. Ich bin aufgestanden und zum Balkon gegangen, ohne auf den Gedanken zu kommen, mir eine Unterhose anzuziehen. Die trägen Wellen brachen sich unter mir, der Strand war leer, ich zündete mir eine Zigarette an, die erste, die ich rauchte, seit ich aus dem Auto gestiegen war. Sie schmeckte merkwürdig, ich hatte ein pelziges Gefühl im Mund und einen unglaublichen Heißhunger, ich hatte seit dem Hamburger von Big Sur nichts gegessen. Ich war erschöpft und ruhig.

Ich weiß nicht, wie lange ich in der Luft des Ozeans, in der Morgenwärme, in dem blendenden Licht stehen geblieben bin. Ich liebte meine Nacktheit und meine Erschöpfung. Ich dachte an nichts, ohne dass es mich die geringste Mühe kostete, dieses Gefühl der Leere aufkommen zu lassen. Kein Schuldgefühl, keine Scham befielen mich, keine Frage bestürmte mich. Nur der Geschmack der Zigarette, der Seewind und der Mann, der im Zimmer auf dem Bauch schlief, zählten.

Jack kam zu mir heraus. Ich habe ihn nicht kommen hören. Obwohl er den schweren Schritt dessen hatte, der gerade den Schlaf abschüttelt. Er drückte sich sanft an mich. Sein Bauch berührte meinen. Ich spürte seinen Schwanz an meinem Gesäß. Er schlang seine Arme um meine Hüften und legte das Kinn auf meine Schulter. Er sprach kein Wort, ich beobachtete weiter das Heranrollen der Wellen und das sanfte Wiegen der Palmen. Schließlich sagte er: »Ich habe Hunger. Du nicht? Sollen wir irgendwo frühstücken?« Ich stimmte zu, indem ich meinen Kopf an seinen lehnte.

Wir haben unsere zerknitterten und verschwitzten Kleider vom Vortag angezogen und gingen langsam die Treppe hinunter, Jack folgte mir, das Gesicht hinter seiner Sonnenbrille verborgen, er hielt mir die Wagenschlüssel hin, er fühlte sich nicht kräftig genug, um selbst zu fahren. Mit einer vollkommen selbstverständlichen Geste nahm ich die Schlüssel und setzte mich auf den Fahrersitz. Ich hätte erschrocken sein können über diese mechanische Geste, dieses Detail, das mehr als jedes andere über das Leben als Paar aussagte. Ich war es nicht. Wenn man die angetrockneten Spermaspuren des Typs, der neben einem sitzt, an sich trägt, erschreckt einen nichts.

Ich habe ein reizloses Café am Pacific Grove gefunden. Unbewusst hatte ich nach einem unverfänglichen, unpersönlichen Ort gesucht, wo Jack von niemandem gestört würde. Ich habe mich nicht gefragt, was mich dazu bewegte.

Ich habe diesen Morgen im Café ganz genau vor Augen, das zerknitterte Gesicht von Jack, seine umwerfende Schönheit und ein Lächeln, das sich nicht verflüchtigte.

Ich selbst rieb mir unablässig den Bart, ich hatte mich seit dem Vortag nicht rasiert, ich betrachtete meinen Liebhaber mit einer rasenden Gier, ihn zu küssen, und begnügte mich schließlich damit, einen Kaffee und Donuts zu mir zu nehmen.

Die Unannehmlichkeiten begannen: Wir waren zweifellos dabei, uns zu verlieben.

Und dann hat mich die Wirklichkeit wieder eingeholt. Ich bemerkte diese Frau, die sich mit den Ellbogen auf den Tresen stützte, eine einsame und schöne Frau am Beginn eines Tages, die Zucker in eine Tasse dampfenden Kaffee streute. Ich habe ihr in einem lockeren Knoten aufgestecktes, fast aufgelöstes Haar gesehen, das von irgendetwas, was einem Bleistift aus Papier glich, zusammengehalten wurde, und Lauras Gesicht drängte sich mir auf. Diese Frau, die ich nur im Profil sah, glich Laura wahrscheinlich überhaupt nicht, aber ihre Haltung, ihre Frisur, der Schwung ihrer Hüften auf dem zu hohen Barhocker, all das brachte mich zu Laura zurück.

Und es ist schrecklich, mein erster Gedanke war nicht: Ich bin ein Dreckskerl, sondern: Welche Ausrede kann ich erfinden, um ihr zu erklären, warum ich sie gestern Abend nicht angerufen habe. Ich habe mich im Café nach einem Telefon umgesehen, an der Wand neben den Toiletten hing ein alter Apparat, ich habe Jack zugeflüstert: »Ich muss kurz telefonieren.« Er wirkte nicht überrascht. Trotzdem hat er mir später gestanden, dass er sich nicht ganz sicher gewesen sei, was ich tun würde. Er hoffte tatsächlich, dass ich meine Frau belügen würde, aber er schloss auch nicht aus, dass ich beschämt meine sofortige Rückkehr in das eheliche Domizil ankündigte.

Er fürchtete die Zerbrechlichkeit der ersten Augenblicke, wenn die Glut ihr Versprechen vielleicht noch nicht hält.

Es roch nach Urin, ich habe zitternd die Nummer gewählt, ich hatte keine klaren Gedanken. In der Bücherei hat es, wie mir schien, endlos lange gedauert, Laura war nicht aufzufinden, und dann plötzlich erklang ihre Stimme im Hörer. Mit dieser Stimme hätte ich augenblicklich alle gemeinsam verbrachten Jahre, das einfache Glück wiederfinden können, hätte den Rückzug antreten können, in einer Sekunde, hätte mich weigern können, alles zu verlieren, alles zu verheeren, aber es waren andere Worte, die sich Bahn brachen: »Ich habe versucht, dich zu erreichen, aber jedes Mal war die Leitung belegt. Ist die Verbindung gestört?« Eine alte Polizeitaktik: Nie aus der Defensive heraus handeln, ein Ablenkungsmanöver ersinnen, die Reaktion des Gegners beobachten.

»Nein, ich glaube nicht. Ich war wahnsinnig beunruhigt, weißt du.«

»Das tut mir leid, meine Liebe, aber offen gesagt, ich bin nicht zum Vergnügen hier. Wir haben gestern Abend lange mit der Mannschaft gearbeitet. Als wir fertig waren, ist es zu spät gewesen, um dich noch anzurufen.«

Ihren Atemzügen habe ich entnommen, dass sie mir glaubte. Ihre Erleichterung siegte über ihre Wut. Die Zerstreuung ihrer Angst hatte genügt, um ihr Misstrauen nicht zu wecken. Sie war glücklich, meine Stimme zu hören, nichts anderes war von Bedeutung. Sie hatte einen Abgrund überquert und erinnerte sich an den Schwindel, aber nun hatte sie das andere Ufer erreicht und klammerte sich an die feste Erde.

»Geht alles gut? Ich meine, mit deiner Untersuchung …«

»Man vergleicht die Informationen, das ist aufwendig, ich weiß nicht, ob viel dabei herauskommt, aber man muss es machen. Ich will dich nicht damit langweilen, wir haben immer gesagt, wir reden nicht über meinen Job.«

»Wann kommst du zurück?«

»Ich weiß es noch nicht. In zwei Tagen. Vielleicht früher. Geht's dem Baby gut?«

»Ja, mach dir keine Sorgen.«

»Ich ruf dich heute Abend an. Ich küsse dich.«

»Ich küsse dich auch.«

Die erste Lüge kam mir leicht vor. Darum haben mir die anderen auch keine größeren Anstrengungen bereitet. Der Zynismus ist keine exotische Sprache.

Nachdem ich eingehängt hatte, rief ich noch McGill an, um ihm mitzuteilen, dass ich mich heute nicht im Büro sehen lassen werde. Es war Freitag. Ich verabredete mich mit ihm auf kommenden Montag. Ich fragte ihn nicht nach neuen Untersuchungsergebnissen. Er hat nichts gesagt.

Als ich zu meinem Platz zurückging, habe ich Jacks Rücken beobachtet und meine Schritte verlangsamt, um nichts von diesem Körper, von diesem Moment zu verpassen. Während ich um den Tisch herumging, fasste ich mit einer Hand in sein Haar. Er hob den Kopf, lächelte mich an und fragte, um sich zu vergewissern: »Alles in Ordnung?« Ich antwortete: »Ja, alles in Ordnung.«

Zum ersten Mal seit seinem Tod werde ich mich in die Gegend der Western Avenue wagen, wo die Strichjungen Liebe zu festen Tarifen anbieten, wo Billy Greenfield, ohne es zu wissen, den Grundstein für seinen eigenen und meinen Untergang gelegt hat. Ich habe Sehnsucht nach einem Körper, einem Männerkörper. Der Körper Jacks fehlt mir entsetzlich, und ich wache jeden Morgen mit Magenkrämpfen auf. Ich muss unsere fiebrige Erregung wiederfinden.

Da sind sie, in Reih und Glied, warten darauf, ausgewählt zu werden, werfen ein paar Worte in die verdorbene Luft, ziehen an einer Zigarette oder stehen einfach stumm und gelangweilt herum. Sie sind da wie an jenem inzwischen in die Ferne gerückten Tag, als ich sie in Begleitung von McGill befragte, vielleicht sind es dieselben, vielleicht andere. Es ist mir völlig egal, ob mich einer von ihnen wiedererkennt, es macht mir nichts mehr aus. Ich gehe zwischen den Schatten herum und suche aufs Geratewohl nach einer Silhouette, die mich an die von Jack erinnert.

Ein Typ kommt auf mich zu, zwanzig Jahre, vielleicht mehr. Sein Gesicht taucht aus dem Dunkel auf, und es ist wie eine Erscheinung. Gewiss, die Schönheit ist nicht vergleichbar. Die trotzige Miene, der unfreiwillige Charme fehlen, und die Augen haben nicht denselben Glanz, aber im Gang glaube ich etwas von ihm zu erkennen, seine hagere Magerkeit, seine Blässe, die Straffheit des Nackens und die Vorspiegelung eines Lächelns. Ich frage den kleinen Prostituierten nicht einmal nach seinem Preis, ich folge ihm, oder er übernimmt es, mich zu führen.

Wir steigen zu einem ziemlich schäbigen Zimmer hinauf, das nach Sperma, Trostlosigkeit und Scham riecht. Keine Erregung, nur ein wenig Fiebrigkeit. In Wirklichkeit will ich den Beweis, dass nicht alles verloren ist, dass ich die Fähigkeit besitze, an das heftige Gefühl von damals anzuknüpfen. Ich sage mir insgeheim: Ein Körper ist ein Körper, die Gesten sind ähnlich, mit ein wenig Phantasie wird es wie mit Jack sein, vielleicht werde ich sogar sein Stöhnen wieder hören können.

Natürlich spielt sich nichts so ab, wie ich es hoffe. Sowie er beginnt, sich auszuziehen, erkenne ich nichts wieder. Dieser Mann ist ein vollkommen Fremder, die Art, wie er seine Kleider ablegt, ist mechanisch, ich habe es mit einem Profi zu tun, es geht keinerlei Sinnlichkeit von diesem Moment aus, nicht die geringste Verzauberung. Dennoch bleibe ich. Trotz meines Wunsches, es dabei bewenden zu lassen, aus diesem schäbigen Zimmer zu verschwinden, denke ich: Man muss das durchstehen, überprüfen.

Ich hasse seinen Mundgeruch. Seine Lippen sind rissig, sein Atem stinkt, seine Zunge ist faul. Das Niederschmetterndste ist seine Haut. Sie ist zwar fest und trotz der Häufigkeit der Nummern, dem Defilée der Freier noch jung. Aber himmelweit entfernt von Jacks Weichheit und von seinem Geruch. Ich habe das Gefühl, eine Leiche zu umarmen. Ja, einen Toten zu berühren. Dieses Fleisch ist nicht mehr wirklich lebendig, der Körper vibriert nicht. Inwendig ist alles tot. Meine Erregung fällt auf der Stelle in sich zusammen.

Ich ziehe mich wieder an, ohne zu wagen, den Jungen anzuschauen. Ich lege die fünfzig Dollar auf das Laken, er stellt mir keine Frage. Ist er an solche Männer gewöhnt, die schlappmachen, die von Schuldgefühlen oder Abscheu erfasst werden? Ich glaube vor allem, dass ihn meine Gründe nicht im Geringsten interessieren. Er zieht sich wieder an, ohne sich zu entschuldigen.

Er hat allen Grund, sich nicht zu entschuldigen. Sein Körper ist nicht abstoßend. Er müsste eigentlich Gefallen erwecken. Das Problem liegt bei mir, natürlich. Nur bei mir. Es gibt nur einen Mann, mit dem ich schlafen kann. Diese Entdeckung sollte mich beruhigen. Aber wenn ich bedenke, dass dieser einzige Mann nicht mehr für mich da ist, verheert sie mich.

Wir sind bis Sonntagabend in Monterey geblieben und haben das Motel nur verlassen, um zu telefonieren oder einen Bissen zu uns zu nehmen. Die übrige Zeit verbrachten wir im Schutz der raschelnden Betttücher, in der Schläfrigkeit des Zimmers. Wir haben uns geliebt, heftig. Und uns auch dem Müßiggang überlassen, einem schönen, sehr sanften und sinnlichen Müßiggang. Ich erinnere mich, wie Jack seinen Kopf auf meinen Oberkörper legte, zur Decke hochblickte, die quälende Bewegung der Ventilatorblätter beobachtete und eine Zigarette rauchte, meine Augen blickten ins Leere, ich dachte an nichts, während ich seine Brustwarze mit der Fingerspitze streichelte.

Und dann, zwischen den Ruhepausen und den Umarmungen, haben sich Worte Bahn gebrochen, Worte, die sein vorheriges Leben und meines erzählten, die die Leerstellen ausfüllten, über die man sich für gewöhnlich lange vor dem ersten Kuss austauscht. Dabei hatte keiner von uns das Bedürfnis geäußert, mehr wissen zu wollen. Es machte einfach manchmal Spaß, einem Menschen, von dem man ansonsten jedes Stückchen Haut und die intimsten Regungen kannte, elementare Wahrheiten preiszugeben und wichtige Informationen zukommen zu lassen. Ja, es war gut, die Dinge in umgekehrter Reihenfolge zu machen. Bis zur Quelle zurückzugehen.

Ein Bild schoss mir durch den Kopf: Man stellt sich einem Unbekannten vor, indem man ihm die Hand reicht, und dabei kennt man schon seinen Mund.

Die Geständnisse waren fragmentarisch, zufällig hingeworfene Sätze, Dinge, die auf dem Umweg über eine Unterhaltung an den Tag kamen, seufzend oder zustimmend geäußerte Bruchstücke der Existenz, Antworten auf versteckte Fragen, Erinnerungen, die an die Oberfläche aufstiegen und die man austauschte. Keine großen Reden, keine Autobiographie, nichts dergleichen.

Noch heute gibt es ganze Seiten von Jacks Leben, die ich nicht kenne, und er selbst ist gegangen, ohne dass ich die Schattenzonen durchschaue. Wir sind Fremde füreinander, in einer gewissen Weise. Bis auf das, was er von mir weiß, niemand wusste es besser als er. Und bis auf das, was er mir gezeigt hat, wer hat es gesehen, außer mir?

Ich war ohnehin nicht sehr redselig, ich habe es schon erwähnt. Und Jack war auch nicht sehr gesprächig. Man hätte denken können, ein Schauspieler, der an Interviews gewöhnt ist und an auf einem roten Teppich geäußerte Sätze, der vor allem darin geübt ist, sich zu zeigen, sich darzustellen, würde sich ohne Schwierigkeiten, vielleicht sogar ohne Scham, zu erkennen geben, aber genau das Gegenteil ist eingetreten. Mir gegenüber hat Jack immer eine gewisse Scheu bewahrt. Im Gegenzug gefiel ihm meine Diskretion. Mir gegenüber fühlte er sich nicht gezwungen, alles erklären zu müssen. Ich habe ihm obszöne Nachforschungen erspart.

Und offensichtlich ist da noch etwas: Die Journalisten belog er, er verbrachte seine Zeit mit Lügen. Vor ihnen fuhr er fort zu spielen. Er stellte die Person Jack Bell dar, den ehemaligen Kinderstar, den aus der Versenkung zurückgekehrten Schauspieler, den reuigen jungen Mann, den unverbesserlichen Verführer, den umschwärmten Junggesellen. Ich erkannte sehr rasch, dass dieses Porträt ein Schwindel war. Ich habe ihm Täuschungsmanöver erspart.

Letzten Endes habe ich in jenen Stunden meines Vasallentums das Unausgesprochene, die Zwischenräume, das Schweigen, die unvollendeten, abgebrochenen Sätze, das Räuspern, das halbe Lächeln, die verhüllten Blicke am meisten gemocht. Und die Küsse, die er auf meine Lippen drückte, um danach wieder in Schweigen zu versinken.

Jack war in Wyoming zur Welt gekommen, einem Staat, der für die Mehrzahl der Amerikaner nicht existiert und für alle anderen den Nationalpark von Yellowstone beherbergt. Dort wird alles von Bergen, Sturzbächen und Wäldern erdrückt, und man könnte schwerlich eine Stadt nennen, die diesen Namen verdiente. Die Leute tragen Cowboyhüte, hören Countrymusik, betrinken sich samstagabends mit Bier oder Whisky oder mit beidem, beten sonntagmorgens in der Kirche und wählen republikanisch. Die Art Gegend, wo es Ende August schon schneien kann, das sagt Ihnen alles.

Die Hauptstadt von Wyoming ist Cheyenne, verbinden Sie etwas mit dem Namen? Nichts, gewiss, und das ist normal. Überhaupt nichts, ausgenommen Sie lieben Rodeo. Eine Sache für Spinner, Rodeo. Typen, die zwischen den Zähnen pfeifen, wenn sich ein total Verrückter auf einem wütenden Stier die Rippen durchrütteln lässt, und die ihm applaudieren, wenn er sich mehr als acht Sekunden auf dem Tier hält, ehe er ins Sägemehl geworfen wird. Und abends folgen gigantische Paraden mit Fanfaren und Clowns, die in allgemeinen Schlägereien in den Bars am Ort enden.

Jack ist in Jackson Hole auf die Welt gekommen, am anderen Ende des Staates. Wie man sagen hört, ist Jackson

Hole nicht viel besser als Cheyenne. Ein kleiner ländlicher Marktflecken, vulgäre Mädchen, Rancher, Karikaturen der Männlichkeit, die auf Jahrmarktsfesten einen Schwarm von Kindern hinter sich herziehen, dieselbe Vorliebe für Rodeo und Saufereien und dieselbe Nostalgie für den Western. Das, was die Stadt rettet, scheint mir die Umgebung zu sein: die Berge, der Grand Teton Nationalpark, die Prärie, soweit das Auge reicht, die wilden Pferde.

Jack wohnte mit seinen Eltern im Tal, in einem Haus ganz aus Holz, am Ufer des Snake River. Am Fuß einer Filmkulisse. Die Filmemacher Hollywoods kamen im Übrigen oft hierher, wenn sie eine typische Atmosphäre für »Far West« oder Kitschbilder unberührter Natur brauchten. Jack behauptete in den Interviews, seine Liebe zum Film sei erwacht, als im Sommer 75, er war neun Jahre alt, ein Drehteam aufkreuzte. Soll man es glauben oder hatte er diese Geschichte hinterher erfunden, weil sie sich hübsch im Lebenslauf machte?

Sein Vater war Farmer und auf einer Ranch angestellt. Seine Mutter arbeitete im Postbüro in der Cache-Street (warum zum Teufel erinnere ich mich an diese Adresse?). Jack erzählte, dass er es liebte, sich mit ihr um die Mittagszeit zu treffen, dann gingen sie zusammen zu Billys Giant Hamburger, direkt neben der Post. Diese Augenblicke gehörten ihnen, ihnen ganz allein, er hatte diese Komplizenschaft nicht vergessen. Und dann ist seine Mutter gestorben. Bauchspeicheldrüsenkrebs. Sie wurde innerhalb von drei Wochen dahingerafft. Er ist nie wieder ins Billy gegangen.

Kurze Zeit danach hatte sein Vater ihm ernst und untröstlich erklärt, er könne ihn unmöglich allein aufziehen. Er beförderte ihn zu seiner Schwester, die in Los Angeles lebte und Sekretärin bei Paramount war. Jack erinnerte sich sehr gut an den Bahnhof und den Bahnsteig an jenem Morgen im September. An den stummen Abschied. Die zurückgehaltenen Tränen. An die Gewalttätigkeit, die das Leben für immer verwundet. Er hatte fast acht Jahre gebraucht, bis er wieder den Fuß in seine Geburtsstadt setzte.

Vor noch gar nicht so langer Zeit hatte ich in Betracht gezogen, eine Reise dorthin zu unternehmen, um mir ein Bild von Jacks Kindheit zu machen. Ich verzichtete schließlich darauf. Die Nostalgie wird ihn mir nicht zurückgeben.

Er hat mir von der Ankunft in Santa Monica berichtet, von dem Entzücken des Jungen, als er zum ersten Mal das Meer erblickte, dem Erstaunen von jemandem, der bis dahin nur die Rauheit und die Extreme des Mittelwestens kannte und der sich plötzlich von einem subtropischen, gemäßigten Klima umgeben fand; von der Anstrengung, sich an so viel Sonne zu gewöhnen.

Er hat mir von der Verwirrung des Bauern angesichts der Verkehrsstaus in der Stadt erzählt, der Bestürzung von jemandem, der aus der Ruhe der Berge in das Getöse eines Turms von Babel gerät.

Er erzählte mir auch von der Angst, die ihn befiel, als er so viele unbekannte Sprachen um sich herum sprechen hörte, während er nur den scharfen und tiefen Tonfall der Cowboys von Wyoming kannte. Das wenige Spanisch, das er sprach, hatte er bei den Puerto Ricanern seines Viertels gelernt. Für sie war er ein Ausländer. Und das war er tatsächlich.

In diesem Zusammenhang fällt mir dieser gemeinsame Augenblick von uns ein: Wir liegen ausgestreckt eng nebeneinander, der Schweiß perlt von unseren Schultern auf unsere Bäuche, und ich bitte Jack, ein paar Worte auf Spanisch zu sagen; zuerst zögert er, aus Angst, lächerlich zu wirken, versichert, sein Akzent sei fürchterlich, erfindet tausend Entschuldigungen, um meiner Bitte auszuweichen, und gibt, als ich darauf bestehe, schließlich nach und tut es. Er beginnt also, seine Stimme ist stockend, er stolpert über die Worte, ist unsicher in den Konjugationen, den Kongruenzen, irrt sich. Ich beteure, dass ich in dieser Sprache nichts verstehe, dass er also fortfahren kann, ohne meinen Spott fürchten zu müssen. Er setzt seinen merkwürdigen Monolog fort, seine Redeweise wird flüssiger, sicherer. Ich höre Jack reden und tue so, als lauschte ich einer sanften Musik, deren Worte ich nicht verstehe, so, wie man ein Lied in einer fremden Sprache anhört. Und dann verlangsamt sich seine Redeweise, man könnte meinen, sie enthalte plötzlich eine gewisse Feierlichkeit. Die Worte, die Jack nun ausspricht, sind Liebesworte, und das bringt mich völlig aus der Fassung. Ich antworte nichts. Er erwartet keine Antwort, weil er nicht erwartet, dass ich sie verstehe. In Wirklichkeit hat die spanische Sprache, aus Gründen, die ich hier nicht erklären kann, kaum Geheimnisse für mich. Ich werfe mich auf ihn, presse meinen Mund auf den seinen, ich verrate ihm nicht, dass mir nichts von seinen spanischen Geständnissen entgangen ist.

Jack hat mir auch von den ersten Tagen in einer nicht besonders reizvollen, aber sehr sauberen Wohnung erzählt, deren Fenster auf die Curson Avenue gingen. Er hatte ein Zimmer ganz für sich allein. Seine Tante war unverheiratet. Frauen wie sie, die von vornherein eine so strenge Miene zeigen, entmutigen die Männer, auch wenn sie eine Wespentaille und schlanke Beine haben, hat er hinzugefügt. Jenny war kinderlos, er nahm sie nicht an Mutters Statt an, die Sache war von Anfang an klar.

Eines Abends, als sie vom Büro nach Hause kam, hatte sie gesagt: »Würdest du gern in einem Werbespot mitspielen?« Man suchte einen zehnjährigen Jungen mit einem Engelsgesicht. Sie hatte ein Foto von ihm gezeigt, und die Leute von der Agentur hatten sich interessiert gezeigt. Um ihn zu überreden, fügte sie hinzu: »Es kostet dich nur einen Tag.« Aber er musste gar nicht überredet werden. Er hatte, ohne zu überlegen, ja gesagt. Drei Jahre und ein paar Auftritte später debütierte er im Kino in einem zweitklassigen Film, der für Teenager bestimmt war und dessen Erfolg alle, selbst die Produzenten, überraschte.

Im Jahr darauf war es *Dérive*, irgendetwas zwischen *Harold und Maude* und *Tod in Venedig*, aber in einer für Hollywood typischen Version. Die Geschichte einer alternden Filmdiva, die in den Bann eines Heranwachsenden gerät, von dem man bis zum Ende nicht weiß, ob er unschuldig oder pervers ist. Ein kurzer Blickwechsel mit Gloria Swanson, die die große Treppe in *Sunset Boulevard* hinabschreitet. Und ein umwerfender Auftritt, ein wenig wie dieser Typ, ich glaube Brad Pitt, ihn gerade in einem Film hatte, der vor ein paar Wochen angelaufen ist, *Thelma und Louise*. Der pure Sex!

Im Grunde war die Laufbahn Jack Bells märchenhaft. Eine Waise aus Middle West mit einem unmöglichen Akzent wurde von heute auf morgen zum Star. Die Zeitschriften rissen sich um ihn. Alle Jungen träumten davon, ihm zu gleichen, alle Mädchen, ihn zu küssen. Und alle Eltern erlagen seinem Charme. Was konnte man mehr verlangen?

Seelisches Gleichgewicht, vielleicht.

Er behauptete, dass plötzlicher und zu früher Ruhm sicherer zerstören könne als ein auf die Schläfe gerichteter Revolver.

Wir lagen ineinander verkeilt im lauen Badewasser. Jacks Rücken ruhte auf meinem Geschlecht, meinem Bauch, meinem Oberkörper, sein Kopf fiel nach hinten und lehnte auf meiner Schulter, ich streichelte seine seifige und warme Haut, ich spielte mit den Haaren, die von seinem Bauchnabel bis zu seiner Scham verliefen, und dabei hat das Fleisch fast unmerklich gebebt. Hinterher habe ich verstanden, dass plötzlich die Bilder einer Jugend in Form eines Looping in Doppelbelichtung vorbeigezogen waren.

Seine Stimme zitterte leicht. Es war nicht lange, nur ein paar Sekunden, wie ein Zögern, ein Schwanken, aber sämtliche Neurosen der Welt hätten darin Platz gefunden. Unter meinen Fingern habe ich gespürt, wie sich die Haut spannte, der Arm verkrampfte, ich habe getan, als bemerkte ich nichts. Offensichtlich hatte sich Jack noch nicht völlig von seinem blitzartigen Aufstieg und seinem brutalen Absturz erholt. Eine üble Erinnerung, schlecht erstickte Brände lebten in ihm weiter.

Ich erinnerte mich an die entsprechenden Ausführungen McGills. Bei dieser Gelegenheit haben meine Polizistenreflexe wieder die Oberhand gewonnen. Und ich habe mich unwohl gefühlt. Ich war nicht besonders daran interessiert, dass dieses Heraufbeschwören der Vergangenheit seine Wunden wieder öffnete und obendrein meine Polizistenneugier wieder weckte. Ich sagte: »Lass uns von etwas anderem reden.« Jack antwortete nicht, was seine Art der Zustimmung war. Er presste sich noch enger an mich. Ich hatte das Gefühl, ein kleines Kind in meinen Armen zu halten.

Nach dem Bad habe ich seinen Körper mit einem billigen, etwas rauen Handtuch abgetrocknet, mit dem ich ihn mehr abtupfte als abrieb, um seine Haut nicht zu reizen. Ich suchte seine Augen, er überließ sie mir willig. Bis dahin glaubte ich, ein solcher Absturz sei auf den ersten Blick nicht so fürchterlich. Es gab grausamere Schicksale, als einfach von seinem Sockel zu fallen. Dennoch habe ich in seinem jammervollen Gesicht Qualen, unerhörte Nervenschmerzen und peinliche Erinnerungen gesehen, die mit Scham, Rachegefühlen und Wut durchsetzt waren. Ich habe mich damit abgefunden, dass bestimmte Türen für mich versperrt sind, dass bestimmte Schlösser nicht aufspringen werden.

Ich versuchte, mir den Fall eines Engels auszumalen: Die Schmarotzer, die das neue Idol umgeben und gute und weniger gute Ratschläge erteilen, die Journalisten, die bereit sind, das Spiel mitzuspielen, und doch nur auf den ersten falschen Schritt lauern, die Größen, die deine Gegenwart und dein affektiertes Verhalten auf den momentan angesagten Festen erforderlich und nötig machen, der übereilt gedrehte Film, der vorzeitig herauskommt, um auf der Erfolgswelle zu schwimmen, und kläglich scheitert, das wenig schmeichelhafte Echo, die gehässigen Kritiken, die bösartigen Gerüchte, die um sich greifende Unruhe und

Skepsis, der zweifelhafte Umgang, der schlecht bewältigte Umschwung, das, ohne zu rechnen, mit leichter Hand ausgegebene Geld, die zu vielen Gläser, die Linien von Koks am frühen Morgen in den Badezimmern aus Marmor, die zu kurzen Nächte, der Körper, der nicht mehr gehorcht, und eines Tages der fatale Fehler, der Fotograf am falschen Ort, im ungünstigsten Augenblick, das Foto, das tötet, der junge Mann, auf frischer Tat ertappt, die Linie zu viel am Rand eines Swimmingpools am Ende eines chaotischen Abends, die sofort beginnende Hetzjagd, die »Freunde«, die sich davonstehlen, die Kommentatoren, die ihre Geschütze auffahren, die Bewunderer, die auf Tauchstation gehen, das Telefon, das nicht mehr klingelt, der kaputte Organismus, der seinen Stoff verlangt; und das Königskind landet in der Gosse. Es bedurfte keiner großen Anstrengung, mir dies auszumalen.

Mein Gefühl war, dass es vielleicht noch etwas anderes gab, einen scheußlichen Unfall, eine geheim gehaltene Episode, irgendeine Gewalttätigkeit, die einen für immer verfolgt. Aber ich habe nie nach einer Bestätigung gesucht. Das gehört zu den weißen Seiten von Jack Bell. Sie wissen schon, jene Seiten, die man sich nicht zu schwärzen traut, aus Angst, ein Dritter könnte sie eines Tages lesen.

Ich habe die Fahrt von Sonntagabend nicht vergessen, das tiefe Schweigen zwischen Jack und mir in dem mit hoher Geschwindigkeit dahinrasenden Wagen, das Schweigen vor den Trennungen. Das Schweigen bei der Hinfahrt war voller Versprechungen, Begierden, Angst, Sonnenschein. Das der Rückfahrt war gesättigt mit Nacht, Bedauern, Gefahren. Der Pazifik lag da wie eine schwarze, feindliche Masse. Die Städte, durch die wir fuhren, bewahrten die Erinnerung an die Stunden, welche den Umarmungen vorausgegangen waren. Die verschlungenen Kilometer brachten uns zu dem Leben davor zurück. Das, was uns erwartete, missfiel uns dunkel, selbst wenn keiner von uns wagte, über das, was uns erwartete, Worte zu verlieren.

Ich durchlief widersprüchliche Zustände. Die Reise schien mir endlos lang, ich hätte gern schon die bekannten Lichter von Los Angeles gesehen. Und dann, gleich danach, fuhr der Sportwagen zu schnell, und es wäre mir lieb gewesen, wenn er das Tempo verringert hätte, so wie man einen Henker, der einen auf den elektrischen Stuhl setzen wird, um etwas Aufschub bittet. Zwischendurch blickte ich zu Jack hinüber, seine Kiefer waren aufeinandergepresst und sein Nacken sehr steif.

Zweimal hat er seine Hand auf meinen Oberschenkel gelegt, ohne dabei aufzuhören, die Straße entlangzurasen, die Markierungen der Autobahn zu testen. Ich dachte: Es ist eine zärtliche Geste, eine jener Gesten, die man nicht unterdrücken kann, die sich aufdrängen, die versuchen, ein Gefühl festzuhalten, eine Zuneigung zu erkennen zu geben. Und dann kam ich im selben Moment, in einer Pendelbewegung, die meinen Geisteszustand ziemlich gut charakterisierte, nicht umhin, darin das Zeichen eines Abschieds zu erkennen. Mit den Augen suchte ich den Pazifik. Einmal mehr hatte ich nur eine schwarze Masse vor mir.

Es war nach Mitternacht, als wir in die Washington Street einbogen. Jack parkte den Wagen am Straßenrand, nicht weit von der Nummer 1225. Jedoch weit genug, um uns in der eigenartigen Dunkelheit, die sich zwischen zwei Straßenlaternen einnistet, vor unangenehmen Blicken zu schützen. Er kannte die Adresse, er war einmal hier gewesen, hatte hier Nudeln gegessen: Bis zu meiner Wohnung waren es zwei Schritte.

Wir blieben noch mehrere Minuten in dem Spyder, ohne auch nur ein Wort über die Lippen zu bringen. Wir schafften es nicht. Anfangs vermochten wir nicht einmal, uns einen Blick zuzuwerfen. Ich kann diesen Zustand nicht genau beschreiben, eine Mischung aus Traurigkeit, Entsetzen, Verlegenheit. Und dann ist es uns gelungen, uns langsam, ungeschickt einander zuzuwenden. Es war so schwer, so qualvoll. Die Bilder des Wochenendes kamen hoch, verschwammen, verformten sich. Wir mussten uns voneinander losreißen, uns trennen, eine Distanz, vielleicht eine Welt zwischen uns legen.

Und das war es, was wir befürchteten, ohne es uns einzugestehen.

Die Welt zwischen uns.

Von neuem.

Oder aber wir durften uns nicht mehr verlassen.

Niemals.

Es hätte nur sehr wenig gebraucht, damit uns nichts mehr trennte. Ein paar Worte, ein Kuss oder ein zu langer Blick hätten genügt. Es hätte genügt, sich dazu zu entschließen. Aber dieses fast Nichts ist nicht erfolgt. Diese Winzigkeit folgte nicht.

Wir haben weiterhin geschwiegen.

Ich stieg aus dem Wagen aus. Ehe ich die Tür zuschlug, sagte ich: »Bis die Tage«, und bin über den Bürgersteig in Richtung meines Hauses gegangen. Der Wagen raste los, überholte mich und wendete an der Straßenecke. Ich habe ihn nicht verschwinden sehen.

Ich spürte, wie meine Beine nachgaben, ich hielt mich am Treppengeländer vor dem Haus fest, ich bin nicht gefallen. Ich bin nicht gefallen.

An die Woche, die auf unseren Ausflug nach Monterey folgte, erinnere ich mich ehrlich gesagt nicht mehr so genau. Noch im Nachhinein erscheint sie mir verhangen, verschwommen, fast nicht existent.

Gewiss, zunächst war da die Wiederbegegnung mit Laura in der Dunkelheit des Schlafzimmers. Ich habe mir die größtmögliche Mühe gegeben, sie nicht aufzuwecken, aber in dem Augenblick, als ich unter die Decke schlüpfte, hat sie meine Gegenwart doch gespürt und rückte im Halbschlaf zu mir, um mich zu umarmen, sie ist jedoch nicht richtig aufgewacht. Ihr Körper an meinem kam mir in dieser Nacht wie ein abgestorbener Baum vor. Ihre Arme wie nackte Zweige.

Am Morgen, während sie die Toasts vor mir auf den Frühstückstisch legte, sagte sie: »Ich mag es nicht, wenn du weggehst. Du hast mir gefehlt, du weißt nicht, wie sehr.« Sie stellte mir keine Fragen über die Untersuchung. Ich beobachtete sie, während sie mit der Mikrowelle beschäftigt war. Ihr Haarknoten war im Nacken hochgeschoben. Ich sagte mir immer wieder: »Sei bloß vorsichtig, gib das nicht auf, diese kostbare Sache, ihre Liebe, ein schönes Leben, ein einfaches und ruhiges Leben, eine Zukunft.« Ich stand auf, um sie auf den Hals zu küssen. Sie hat gezittert und dabei gelächelt.

Und dann habe ich McGill im Büro getroffen. Während meiner Abwesenheit hatte sich die Welt weitergedreht wie jeden Tag. Es gab keine Neuigkeiten über den Tod von Billy Greenfield, und das hat mich erleichtert. Alles andere war Routine: nächtliche Ruhestörung, ein Einbruch, ein Selbstmord. Man hatte zwei Typen eingelocht, deren Entlassung vorbereitet wurde. Man nahm Zeugenaussagen auf. Man schritt zu den üblichen Überprüfungen. Man ließ ein paar zusätzliche Polizisten in den Straßen patrouillieren, zur Beruhigung. Nichts von Bedeutung.

Ich bin beinahe sicher, dass ich meinen Job korrekt gemacht habe. Und vielleicht sogar mehr als das. Ich konzentrierte mich auf das, was man mir berichtete, gab Anweisungen, stellte Informationen zusammen, übermittelte meine Berichte ans Bürgermeisteramt, man konnte mir nichts vorwerfen. Niemand hätte vermuten können, was sich am vorangehenden Wochenende ereignet hatte. Und es war nicht einmal eine Leistung. Es war, als ob ich alles vergessen hätte.

Ich litt eigentlich nicht. In Wirklichkeit hatte ich einen Entschluss gefasst, ohne ihn so zu formulieren. Ich wollte Jack Bell aus meinem Dasein verbannen. So tun, als ob nichts gewesen wäre. Die zweiundsiebzig Stunden für immer tilgen. Mein normales Leben wiederaufnehmen. Tief in meinem Innern dachte ich wohl: Dieser Seitensprung ist unerklärlich, ein Einzelfall, er hat nichts mit mir zu tun, er ist absurd, fassen wir ihn einfach so auf. Ich war überzeugt, dass er keine unbekannten Seiten von mir offenbarte und daher folgenlos wäre. Oder vielmehr, ich überredete mich zu dieser Überzeugung. Ich versuchte, mich an diese durch Überlegung gewonnene Gewissheit zu klammern. Ich berief mich auf meine kurzzeitige Unzurechnungsfähigkeit und gestand mir die Lust nicht ein, die aus den Tiefen aufgestiegen war.

Jacks Schweigen bestärkte mich. Es bedeutete, dass auch er beschlossen hatte, alles zu vergessen. Dass er zwangsläufig und mühelos wieder zu dem zurückgekehrt war, was seine Tage ausmachte. Sicher hatte er wieder mit der mageren Rothaarigen angebändelt. Zweifellos hatten ihn die Produzenten belagert. Und Journalisten und Freunde. Er war wahrscheinlich zu Empfängen und Voraufführungen gegangen. Er bemühte sich notgedrungen um neue Projekte. Man empfahl ihm Drehbücher. Er war hellwach und verfügbar.

Es war gar nicht so kompliziert.

Und dann war die Abwesenheit da, in dem Augenblick, als ich am wenigstens damit rechnete, als ich meiner Amnesie fast traute. Die Attacke der Abwesenheit ist fürchterlich. Sie erfolgt ohne Vorwarnung. Der Angriff ist beim ersten Mal heimtückisch, man spürt nur einen lebhaften Schmerz, der unmittelbar danach fast verschwindet, er ist kurz, flüchtig, wirft einen nieder, aber man richtet sich gleich wieder auf, man denkt, der Angriff sei vorüber, ist nicht einmal in der Lage, diesem Einbruch einen Namen zu geben, und warum sollte man ihn auch benennen, man hat kaum Zeit gehabt, sich zu beunruhigen, alles ist so schnell vorübergegangen, man fühlt sich schon viel besser, fühlt sich sogar sehr gut, und dennoch bleibt eine unangenehme Erinnerung an diesen Bruchteil einer Sekunde zurück, man versucht, die Erinnerung zu vertreiben, und es gelingt einem, das Leben geht weiter, die Welt ruft uns, dringende Angelegenheiten warten. Und dann wiederholt es sich am nächsten Tag, die Attacke ist länger oder heftiger, man bekommt weiche Knie, man verzerrt das Gesicht, man sagt sich: Im Innern arbeitet irgendetwas, man denkt an jene Hirnschläge, die einen Tumor ankündigen und das sichtbare Signal für bisher unerkannte Metastasen sind, man empfindet eine widerwärtige Angst, eine böse Vorahnung. Und dann wird der Schmerz quälend, er macht sich breit wie ein Eindringling, den man nicht mehr verjagen kann, er ist weniger stechend und geht tiefer, man begreift, dass man ihn nicht mehr loswerden wird, dass man erledigt ist. Ja, eines Tages war die Abwesenheit da. Seine Abwesenheit.

Anfangs habe ich getan, als bemerkte ich sie nicht, indem ich ihr Gleichgültigkeit und Verachtung entgegenbrachte, ich glaubte, ich sei stärker als sie, ich sei in der Lage, sie zu überwinden, sie zu beseitigen, es sei nur ein Frage des Willens und der Zeit, ich war nicht so gebaut, dass ich mich von einer so winzigen, lächerlichen Sache umwerfen ließ. Und dann musste ich mich von den Tatsachen überzeugen lassen: Ich war nicht auf dem Weg, dieses Spiel zu gewinnen, ich würde es vielleicht sogar verlieren, und ich vermochte nicht, dieser Niederlage zu entkommen, und je mehr ich kämpfte, umso mehr Boden verlor ich; je mehr ich die Wirklichkeit leugnete, umso mehr sprang sie mir ins Gesicht. Bis ich endlich einsah: Seine Abwesenheit verzehrte mich.

Ich machte verzweifelte Gesten. Ich sage: verzweifelte, weil sie sinnlos waren. Und ich ahnte es, selbst wenn ich mich weigerte, es mir wirklich einzugestehen. Ich habe Laura zum Beispiel bis zum Erbrechen Liebesworte gesagt, ich, der ich das sonst so selten tat, und je häufiger ich sie sagte, umso falscher waren sie, aber sie unterschied sie nicht von den wahren. Ich habe mir eine Zukunft vorgestellt, wenn das Kind erst da wäre. Ich sagte: Ein größeres Haus wäre gut, wir werden umziehen, und wir werden vielleicht auch noch mehr Kinder haben, wir müssen daran denken. Und die Worte klangen hohl, ich sah nicht, dass ich diese Kinder machen würde. Ich sah mich nicht einmal das Kind empfangen, das bald da sein würde. Und Laura war glücklich. Und alles war schrecklich, ihr Glück, meine Lügen, die Verkettung.

Es zermürbte mich. Jack wurde zur Obsession, und ich vollbrachte jeden Tag größere Anstrengungen, um mich nicht zu verraten. Als McGill vorschlug, ein erneutes Verhör durchzuführen, antwortete ich ausweichend. Seine Intuition war wirklich erstaunlich: Er war überzeugt, dass Jack uns nicht alles gesagt hatte, ich hörte ihm kaum zu. Und dennoch hatte ich nur einen Wunsch: Von Jack zu sprechen, zu Jack zu sprechen, es verbrannte mich, ich hatte das Bedürfnis, seinen Namen zu nennen, eine Begegnung herbeizuführen, schließlich gab ich vor, rauchen zu wollen, um das Schweigen und die Distanz nicht aufzugeben, und ging in die verpestete Luft hinaus.

Es gibt ein Verb dafür: sich selbst verstümmeln. Ich denke an jene für das bloße Auge unsichtbaren Wunden, die ich mir zufügte und die in meinem Innern bluteten. Diese mentalen Skarifikationen. Sie sprechen auch von mir. Sie sagen, wer ich bin.

Es passiert mir ständig, dass ich an diese Wochen zurückdenke, in denen ich gelogen habe. Die anderen und mich belogen habe. Diese Wochen der Verheimlichung. Ich bin nicht besonders stolz darauf, gewiss nicht, aber ich wusste keinen anderen Weg. Ich musste da durch.

Ich förderte Entschuldigungen in mir zutage, berief mich auf meine persönliche Situation, meine berufliche Situation, den Blick der anderen. Insgeheim befürchtete ich den Verlust von all dem, auf das ich mein Leben aufgebaut hatte, aber das war nur ein armseliges Ausweichmanöver, eine klägliche Verteidigung. Stillschweigend baute ich trügerische Wälle, eingebildete Dämme, aber die Angriffe waren jedes Mal noch heftiger. Keine Barrikade wäre stark genug gewesen, um sie aufzuhalten.

In Wirklichkeit war ich wütend. Wütend, weil diese Liebe, wie soll ich es anders nennen, mein eigenes Vorstellungsvermögen und meinen eigenen Willen in Frage stellte.

Sehr schnell ging es nicht mehr darum, ob, sondern darum, wann ich aufgeben würde.

Was mich rettete? Das Untertauchen Jacks. Ich sagte mir: Er ist zu anderen Dingen übergegangen, er hat Monterey vergessen, er hat keine Lust auf »uns«. Wenn ich ihm erneut begegnen sollte, würde ich auf alle Fälle auf sein

Unverständnis und seine Verlegenheit stoßen. Er gäbe mir zu verstehen, dass wir nicht dieselbe Geschichte gelebt hätten und dass ich nichts von ihm zu erhoffen habe. Diese vorauszusehende Demütigung kränkte mich, klar, aber ich klammerte mich daran wie an einen Rettungsanker. Ich sagte mir: Wenn es sein muss, wird Jack den Teufelskreis sprengen.

Und eines Morgens war er da. Vor meinem Haus. In seinem Wagen. Er wartete auf mich.

Ich hatte gerade eine Tasse Kaffee getrunken, Laura geküsst und die Haustür hinter mir zugezogen, ich war spät dran, ich schlüpfte im Gehen in eine Jacke und schlängelte mich dabei auf dem Bürgersteig zwischen Mülleimern und Fahrrädern hindurch, da bemerkte ich seinen Wagen, und das hat mich in Sekundenschnelle erstarren lassen, ich hörte auf, mich mit meiner Jacke herumzuschlagen, ein Ärmel baumelte leer herunter, ich wirkte wohl ein wenig lächerlich, ich sah die regungslose Gestalt hinter der getönten Windschutzscheibe, ich blieb einige Augenblicke stehen, ohne mich zu rühren, und bin dann langsam weitergegangen, sehr langsam, wie jemand, der gerade wieder gehen lernt. Ich bemühte mich nicht länger, in meine Jacke zu schlüpfen, ich trat an den Wagen, öffnete die Tür. Ich habe mich auf den Todessitz gesetzt.

Er sagte: »Wohin fahren wir?« Ich antwortete: »Venice Beach.« Der Wagen raste los.

Achtzehn Tage. Wir haben achtzehn Tage durchgehalten.

Ich präzisierte die Adresse: 401, Ocean Front Walk. Dabei hatte ich vorher nie daran gedacht. Selbst wenn Erinnerungsbilder in mir abliefen, spielten sie nie dort, nie auf diese Weise. Im Übrigen waren es immer verschwommene Bilder, die Szenerie war unscharf, die Tageszeit unbestimmt, was sich aufdrängte, war mehr der Gedanke an eine Begegnung als ihre äußeren Umstände. Wichtig waren die Gesichter, die Verwirrung der Blicke, die ungeschickte oder jähe Annäherung der Körper, der Taumel der ausgesprochenen Worte, der Rest zählte wenig, und ich war nicht sehr einfallsreich.

Aber nun, wo es darum ging, einen Ort zu finden, da drängte sich ein Ziel auf, eine Adresse. Die auf den ersten Blick am wenigsten naheliegende, die unmöglichste, oder die gefährlichste: die des Motels, in dem meine Mutter arbeitete. An Motels fehlte es nicht entlang der Küste und anderswo. Die Stadt quoll über von Hotels. Und ich hatte von diskreten Unterkünften reden gehört. Ich habe den unwahrscheinlichsten Ort gewählt. Folglich den, der am besten geeignet war.

Ich hatte meine Mutter nie in meine Angelegenheiten hineingezogen, weder in die des Herzens noch in die der Arbeit, hatte sie nie informiert, wie meine Tage abliefen, es war abgemacht, dass sie mich mein Leben leben ließ, wir telefonierten einmal in der Woche miteinander, das genügte, keiner von uns hätte daran gedacht, sich darüber zu beklagen. Wir liebten uns, auf unsere Weise. Ohne Überschwang.

Selbstverständlich hatte meine Mutter Kontakt zu Laura, sie war glücklich gewesen, mich dieses Mädchen heiraten zu sehen, sie war zufrieden zu wissen, dass ich bald Vater sein würde, Laura und sie telefonierten manchmal, die beiden kamen gut miteinander aus, sie trafen gemeinsam Vorbereitungen für die Ankunft des Babys. Aber meine Mutter drängte sich nicht auf.

Eine Sache gab es, die sie bedauerte, ohne es je offen auszusprechen: Sie hätte es vorgezogen, wenn ich einen anderen Beruf gewählt hätte. Sie schämte sich nicht, überhaupt nicht, denn sie hatte keinen Traum genährt, den ich hätte enttäuschen können, nein, sie war nur etwas beunruhigt: Mein täglicher enger Umgang mit Ganoven begeisterte sie überhaupt nicht, auch wenn sie sich inzwischen daran gewöhnt hatte.

Ich bin bereit zuzugeben, dass es eine Ungehörigkeit, ein unvoraussehbares Ereignis und gewiss eine unpassende Geste war, mich mit Jack bei ihr zu zeigen. Man hätte es auch eine Provokation, einen Skandal nennen können. Dennoch habe ich es getan. Von Zeit zu Zeit schenken Söhne ihren Müttern grundlos und furchtlos ein absolutes Vertrauen.

Jack hat den Wagen auf der Dudley Avenue an der Ecke des Hotels geparkt. Auf der Promenade ist der Verkehr verboten, und seit kurzem hatte man einen Parkplatz in dieser schmalen Straße eingerichtet. Beim Aussteigen betrachtete Jack das große Gebäude, die Metalltreppe, die Spuren einer glanzvollen Vergangenheit, es hat ihm augenblicklich gefallen. Ich ließ meine Blicke über den Strand streifen, auf der Stelle habe ich mich an die Atmosphäre meiner Jugend erinnert. Hier bin ich glücklich gewesen. Hier konnte ich es wieder sein.

Meine Mutter stand hinter dem Tresen, als wir die Lobby betraten. Sie war überrascht, mich zu sehen: Für gewöhnlich versäumte ich nicht, sie von meinen – seltenen – Besuchen vorher in Kenntnis zu setzen. Und dann hat sie Jack gesehen. Sie erstarrte. Nicht weil sie ihn erkannte, sondern weil seine Anwesenheit an meiner Seite ihr nichts Gutes zu verheißen schien. Ich habe sie einander vorgestellt, ohne Floskeln und Erklärungen. Sie haben sich mit großer Zurückhaltung, aber ohne Kälte gegrüßt.

Ich sagte: »Ich hätte gern ein Zimmer für Jack und mich.« Sie ließ ein paar Sekunden verstreichen, dann sagte sie: »401 ist frei.«

Während ich auf die Treppe zustürzte, die in den vierten Stock führte, habe ich noch einmal zu meiner Mutter zurückgeschaut, ich wollte ihr Gesicht wie eine Billigung mit mir nehmen. Ich erinnere mich an einen sehr sanften Ausdruck und an einen sehr reinen Blick, ja, das ist das Wort, das mir in den Sinn kam: rein. Man hätte meinen können, dieser Blick sei reingewaschen von der ganzen Vergangenheit, befreit von Fragen, Zweifeln, Ängsten, und sie lasse ihn mit einer Art Befriedigung auf mir ruhen. Sie hatte offensichtlich eine Antwort auf eine Frage gefunden, die ich mir nie gestellt hatte.

Während ich die Stufen hinaufstieg, habe ich Jack beobachtet, der vor mir ging. Hatte ich jemals einen Körper so begehrt, wie ich den seinen begehrte? Und hatte ich mich jemals mit einem Menschen so im Einklang gefühlt?

Die Zimmerwände waren pastellgrün, die Fenster gingen auf den Strand und das Meer, ein Strauß frisch geschnittener Blumen stand in einer Vase auf einem runden Tisch in der Ecke, und es hat mir Vergnügen bereitet, diesen Zufall als eine besondere Aufmerksamkeit zu betrachten.

Jack sah mich mit einem ermutigenden Lächeln an, er begann, mein Gesicht zu berühren, seine Hand über meine

Wange wandern zu lassen, seine Fingerspitzen auf meine Lippen zu legen, in meinen Haaren zu wühlen, und ich rührte mich nicht, ich ließ ihn gewähren, wir hatten die Raserei des ersten Mals in Monterey hinter uns gelassen, wir kehrten wieder zur Langsamkeit zurück.

Die Liebe ist ganz ruhig gekommen. Als sich sein Stöhnen in die Umarmungen mengte, hätte ich weinen mögen. Als der Höhepunkt erreicht war, habe ich endlich eine Träne verloren, ich habe nicht daran gedacht, sie wegzuwischen.

Als die Körper, erschöpft von einer angenehmen Müdigkeit, zurückgefallen sind, blieben wir ausgestreckt auf den Laken liegen, ich habe meinen Kopf auf seine Brust gebettet, die immer noch krampfhaft zuckte, und sagte: »Achtzehn Tage.« Er antwortete: »Verlass mich nicht. Verlass mich nie wieder.« Das war der einzige Schwur, den wir jemals ausgetauscht haben.

Langes, tiefes Schweigen trat ein, das Jack zögernd und merkwürdig umständlich beendete. Auf einmal kam er mir befangen, feierlich vor. Ich hatte schon vorher dunkel eine gewisse Anspannung in seinen lakonischen Antworten, seinen unruhigen Augenlidern festgestellt, ohne es jedoch für Angst zu halten. Außerdem war eine gewisse Verwirrung nicht ungewöhnlich im Augenblick des Wiederfindens, in der Stunde stillschweigender und wahnsinniger Versprechungen. Nun erkannte ich plötzlich ein Unbehagen, vielleicht einen Schwindelanfall. Jack versuchte, mir etwas zu erkennen zu geben, er wollte ein Geständnis loswerden.

In meinem Innern habe ich an eine Erklärung gedacht. Ich meine: eine ausdrückliche Liebeserklärung. Auch wenn dies nicht seine Art war. Und nicht die meine. Aber der Moment schien geeignet für Bekenntnisse. Ich war irgendwie unruhig, ich war nicht darauf vorbereitet und wusste, dass ich unbegabt war für Herzensergüsse.

Jack befreite sich aus meiner Umarmung, richtete sich im Bett auf, wir knieten voreinander, in meinem Rücken rauschten die Wellen des Pazifiks. Jack holte tief Luft.

»Ich habe Billy Greenfield getötet.«

Meine Knie sanken kraftlos in die Laken ein, ich klappte langsam zusammen und landete hinten auf meinen Füßen, Jack hat dieselbe Bewegung gemacht, ich betrachtete ihn, als sähe ich ihn zum ersten Mal. Die Sonne warf eine Lichtlache auf den Parkettboden, die mich blendete.

Als Erstes die Ungläubigkeit.

Ja, in der Leere der ersten Sekunden dachte ich, er lügt, oder vielmehr, es gelang mir nicht, an seine Schuld zu glauben, es lag außerhalb meines Vorstellungsvermögens, es lag mir zu fern. Ein Mangel an Einbildungskraft, zweifellos: Ich habe ihn nie, nie als Mörder gesehen. Auch eine Erfahrungstatsache: Selbst wenn man sich noch so große Mühe gab, dieser zerbrechliche, rührende Junge entsprach in nichts dem Profil des Mörders. Schließlich ein Reflex: Ich konnte nicht mit einem Mörder schlafen, das war unmöglich, so einfach ist das.

Dennoch, man gesteht kein Verbrechen, wenn man unschuldig ist. Man klagt sich nicht ohne Grund an. Man beschuldigt sich des Schlimmsten nur, wenn man es begangen hat. Obwohl ich mich mit allen Fasern dagegen wehrte, musste ich zugeben, dass Jack zweifellos dabei war, mir die Wahrheit zu sagen.

Dann die Wut.

Die Wut auf ihn. Er hatte einen Menschen getötet, das Nichtwiedergutzumachende getan. Auf welche Weise ich die neue Situation auch betrachten würde, das blieb, diese harte und unumstößliche Tatsache: Er hatte Leben ausgelöscht. Er hatte sich, wenn auch nur für wenige Augenblicke, in ein Monster verwandelt. In das Unannehmbare.

Die Wut auf mich. Ich hatte nichts gesehen. Alle meine Sinne hatten versagt, meine ganze Intuition. Nichts hatte mich gewarnt. Diese Blindheit war wie ein Kunstfehler, wie das Leugnen dessen, was ich zu sein vorgab. Ich vergaß, dass auch die Blindheit Liebe ist.

Danach der Zweifel.

Der entsetzliche Zweifel. Und wenn er mich verführt hatte, weil er hoffte, auf diese Weise den Kopf aus der Schlinge zu ziehen? Und wenn alles von Anfang an nichts als eine riesige Maskerade gewesen war, um mich milde zu stimmen? Eine Heuchelei, um seine Haut zu retten? Ein außergewöhnlicher Trick? Man schläft mit dem Polizisten, der einen Mord aufklären soll, den man begangen hat. Dieser wird aus Anhänglichkeit oder aus Angst vor einem Skandal schweigen. Das war ziemlich raffiniert. Ich konnte nicht verhindern, dass mir dieser Gedanke durch den Kopf ging. Heute bedaure ich es. Dieser Sekundenbruchteil, in dem ich zögerte, ist der einzige Kratzer an dem, was uns einte, der einzige Fleck.

Dann fast sofort die Gewissheit.

Er hatte mich nicht getäuscht, er hatte mich nicht benutzt. Das, was uns passierte, ist zu unbegreiflich, um vorher beschlossen, bedacht, organisiert gewesen zu sein. Unsere Geschichte entzog sich der Vernunft, der Berechnung.

Sie war nicht das Produkt einer Strategie, das Ergebnis eines Manövers. Es war eine unbestreitbare, unwiderruflich feststehende Wahrheit. Eine glühende, fürchterliche Leidenschaft wie diese vertrug sich nicht mit Kälte, mit Kalkül. Sie war absolut unvereinbar mit irgendeinem Vorsatz.

Schließlich der Entschluss.

Schwindelerregend.

Wirklich schwindelerregend.

Der Entschluss, diese Schuld auf mich zu nehmen, das Verbrechen anzuerkennen, es ohne Vorbehalt, ohne Diskussion zu akzeptieren. Der Entschluss, Jack vor allem zu beschützen, das ihn verraten, das ihm schaden könnte. Der Entschluss, sein Komplize zu werden. Ja, blitzartig habe ich die Wahl getroffen, gegen alle meine Prinzipien, alle meine Pflichten zu handeln. Ich bin in das andere Lager gewechselt. Und zum ersten Mal war es nicht das gute.

Nur, es ist eine schwierige Sache, die Sache mit dem guten und dem schlechten Lager. Eine Frage der Perspektive. Ich habe überhaupt nicht das Gefühl gehabt, eine schlechte Wahl zu treffen. Ich hatte soeben eine Grenze überschritten, und man würde mir das vorwerfen, und ich dachte: Wenn ich auf der anderen Seite bleiben würde, könnte ich keinesfalls weiterleben.

Jack hat seinen Kopf in die Mulde meiner Lenden gelegt, als sei er meinem Gedankengang gefolgt. Ich streichelte sein Haar. Die Sonne warf weiter eine Lichtlache auf den Parkettboden. Von nun an würde ich mit einem Mörder schlafen.

Wir sind auf das Hoteldach geklettert. Dort gab es eine Terrasse, auf die ich mich gern zurückgezogen habe, als ich noch nicht erwachsen war. Ich wurde dort nie gestört, die Gäste bevorzugten den Sandstrand. Man hatte sie hübsch hergerichtet, sie eröffnete den Blick auf die Dächer der umliegenden Häuser und auf das Meer. Sie roch nach Eukalyptus, ich kannte den Duft, ebenso wie den der Bougainvillea, meine Mutter hatte mir beides beigebracht. Wenn es Abend wurde, ist meine Mutter hochgekommen und hat nach mir gesucht, immer sie. Sie wunderte sich nicht über die langen einsamen Stunden, die ich dort verbrachte. Auch nicht über mein Nichtstun. Seit dem Tod meiner Schwester und meines Vaters ließ sie mich in Ruhe.

Diese Terrasse betreten bedeutete, an die behüteten Stunden der Jugend anzuknüpfen. Jack ist mir, ohne Fragen zu stellen, dorthin gefolgt. Wir stützten uns mit den Ellbogen auf die Brüstung, und er erzählte mir mitten in einer milden Juninacht die Geschichte, die Geschichte, die zum Mord an einem jungen Prostituierten führte.

Wie sie sich begegnet waren, wusste ich. Er hatte mir die Einzelheiten berichtet. Was ich nicht wusste, war, wie es weiterging: Jack und Billy hatten sich unter vier Augen wiedergesehen. Anfangs war es nur ein kleiner Handel. Aber Billy ist nach und nach auf den Geschmack gekommen. Ihm gefiel es, durch Hintertüren eingelassen zu werden, sich im noblen Haus eines Filmstars aufzuhalten, sich Whisky einzuschenken, sich in luxuriöse Sofas zu flegeln, sich am Rand des Swimmingpools in der Sonne zu aalen, sich mit der Haushälterin anzufreunden, und Jack hatte nichts dagegen, er ließ ihn gewähren, witterte keine Gefahr, zog keine engere Beziehung in Betracht. Es war nicht weiter schlimm, das Leben seiner Freunde war voll solcher Schmarotzer, die sich für die Könige der Welt hielten und die man von heute auf morgen fortjagte, wenn sie aufhörten, unterhaltsam zu sein oder lästig wurden. Außerdem war Billy ein anbetungswürdiger Junge, mit seiner kindlichen Bewunderung und dem Wunsch nach gesellschaftlicher Anerkennung im Gepäck. Gewiss, manchmal schien er nicht ganz zurechnungsfähig: Er hatte Wutanfälle, unvorhergesehen heftige Ausbrüche, plötzliche Stimmungswechsel, vorübergehende Phasen von Niedergeschlagenheit, Depressionen, die nie lange anhielten, unerklärliche Absencen. Aber Jack schob dieses schwankende Verhalten auf seine Jugend und auf den komischen Beruf, den er ausübte.

Er begann, ihm Kleidung zu schenken, ihm sein Motorrad zu leihen, ihn in gewisser Weise, und ohne sich dessen bewusst zu sein, auszuhalten. Und der Bursche glaubte, er sei von nun an ein Mitglied des Kreises, sei in die kleine Welt von Jack Bell aufgenommen. Von da an verkehrten sich die Dinge.

Als Jack erkannte, dass Billy den Sinn für die Realität verlor, bat er ihn, weniger häufig zu kommen, ohne zu ermessen, wie sehr es diesen kränkte, so ins Abseits gestellt zu werden. In Wirklichkeit hat der Strichjunge, wieder in seine alte Rolle zurückversetzt, versucht, seinen Ärger zu verbergen, er vermied es, seiner Umgebung zu erklären, was ihn quälte, bestand darauf, seine Beziehung weiterhin geheim zu halten, hoffte, Jack wieder zu erobern, verzehrte sich sichtlich, hatte immer mehr Freier und Verkehr, setzte sich der Gefahr aus, staute seinen Groll auf, ohne dass es ihm gelungen wäre, sich von seiner Liebe zu befreien.

Und dann kamen die ersten aggressiven Telefonanrufe. Billy warf Jack vor, ihn verlassen und gedemütigt zu haben, und drohte, jedem, der es hören wollte, die verborgenen Schandtaten des Lieblings von Hollywood aufzudecken. Jack versuchte, ihn zu beruhigen, ihn umzustimmen, aber es hat nichts genützt, und als ihm das Geld allmählich ausging, ist Billy zu Erpressungen übergegangen. Die Dinge eskalierten, eine schmutzige Spirale hatte sich in Bewegung gesetzt, und Jack sah nicht, was sie zum Stillstand hätte bringen können.

Außer Billys Tod.

Ein Treffen wurde vereinbart, jenes, das im Notizbuch stand. Die beiden wollten offiziell von Mann zu Mann miteinander reden, wollten versuchen, ihren Streit beizulegen und vielleicht wieder eine »normale« Beziehung herzustellen. Das war jedenfalls das, was Jack am Telefon gesagt hatte. An jenem Abend zur vereinbarten Zeit ist der Kleine in das Haus in Beverly Hills gekommen, und das Gespräch hat begonnen. Anfangs war der Wortwechsel ziemlich heftig, jeder musste seinen Kropf leeren, aber der Alkohol und die Nacht trugen dazu bei, dass sich die Unterhaltung beruhigte. Gegen drei Uhr morgens hatte Jack seinen verrückten Plan, Billy Greenfield zu töten, vergessen.

Doch wegen eines nichtigen Zwischenfalls, eines falsch verstandenen Satzes, eines angriffslustigen Untertons schwollen die Stimmen erneut an, die Wunden rissen wieder auf, die Galle kam erneut hoch, und Billy, der ziemlich angetrunken war, verlor die Kontrolle. Er tobte, machte hinter der Glasfront, die sich zur Stadt hin öffnete, ausladende, erregte Bewegungen wie in einem Schattenspiel, brüllte, warf Gegenstände um, war dabei, das ganze Viertel aufzuwecken, man musste ihn zum Schweigen bringen. Eine Bronzeskulptur befand sich in Reichweite, sie zerbrach an Billys Schläfe.

Plötzlich lag der leblose Körper eines zwanzigjährigen Prostituierten auf dem makellosen Teppich zu Füßen eines Filmstars.

Sofort war klar, die Leiche musste beseitigt werden. Jack setzte sie in den Wagen neben sich, fuhr leise los, bog in eine der kleinen Straßen ein, die rechtwinklig vom Boulevard abgehen, öffnete die Seitentür und ließ den leblosen Körper Billy Greenfields ins feuchte Gras rollen. Das war's.

Ich habe Jack zugehört, ohne ihn zu unterbrechen. Dann und wann blickte ich auf die Promenade unter uns, sah die Trauben von Touristen, einsame junge Frauen, Surfer, Jongleure und Gaukler, diese ganze Welt, die mir so vertraut war und die plötzlich zu einem fernen Land zusammenschrumpfte. Jede weitere Enthüllung stellte eine Abtrennung, eine Verbannung dar, ohne mir die geringste Qual oder Angst zu bereiten. Mir kam es im Gegenteil so vor, als erfülle sich mein Los: Mein Los war, abzutreten, mich zu verbannen. Jack zog mich mit sich dorthin, wo keine Begnadigung möglich war, wo keine Vergebung gewährt wurde, wo das Überleben nur unter der Bedingung in Betracht kam, dass man log, dass man sich verbarg, wo die Tage auf alle Fälle gezählt waren, weil die Wahrheit einen am Ende immer einholt. Und ich akzeptierte dieses Schicksal. Mehr als das, ich ging ihm entgegen. Diese Flucht nach vorn ersehnte ich, weil Jack sie mir vorschlug. Es war wie ein Aufgeben, ein Sichlösen, ein Emporfliegen, zweifellos, damit man uns im offenen Himmel stellte.

Die meiste Zeit hing ich an seinem vollkommenen Profil. Um ehrlich zu sein, ich hörte seiner Geschichte kaum zu. Erstens, weil ich sie kannte, weil mich nichts daran überraschen konnte, es war eine ganz gewöhnliche und traurige Geschichte, die schlecht ausging, ich hatte schon viele solche Geschichten gehört, sie kamen in Gerichtsprotokollen, Zeugenaussagen, Strafregistern vor. Das einzig Neue daran war, dass mein Name darin auftauchte. Zweitens kannte ich den Ausgang, und was zählte, war nicht die Geschichte, es waren ihre Konsequenzen. Ich war verloren, wir waren wahrscheinlich verloren, unser Urteil war gesprochen, warum sollte ich mich für die Details interessieren?

Außerdem war ich in diesem Wahnsinn gefangen, der mich an Jack band, in dieser unbestreitbaren, unverständlichen, unentschuldbaren Notwendigkeit.

Als alles gesagt war, haben wir Stille eintreten lassen, die Sonne schien kräftig, sie überflutete unsere Gesichter, und das warme Licht, das uns beschien, war angenehm wie ein Balsam. In diese reinen Augenblicke mischte sich nichts als das Geräusch der Rollerskates auf dem Asphalt und etwas weiter weg der Lärm der am Strand herumtollenden Kinder und der Wellen. Nie zuvor habe ich den Pazifik so geliebt.

In wenigen, kurzen Worten waren wir uns einig, das Geheimnis so lange wie irgend möglich zu wahren, uns von nun an ausschließlich, vor Blicken geschützt, in diesem Hotelzimmer in Venice Beach zu treffen, allen anderen eine Komödie vorzuspielen, unser Leben so weiterzuführen, wie wir es bisher immer getan hatten, was uns nicht besonders schwer zu sein schien: Waren wir jemals etwas anderes gewesen als gute Schauspieler in Existenzen, die uns fremd waren?

Ansonsten konnten wir nur hoffen, dass keine Hinweise auf Jack auftauchten. Die Untersuchung kam bisher nur langsam voran, und ohne neue Erkenntnisse war es sogar möglich, dass sie im Sande verlaufen würde. Im Übrigen saß ich an der richtigen Stelle, um möglicherweise belastende Indizien verschwinden zu lassen. Wir hatten einige Trümpfe in der Hand. Dennoch war mir nicht unbekannt, dass die Wahrheit leider meistens an den Tag kommt, dass sie merkwürdig unerbittlich ist und zuschlägt, wenn man nicht darauf gefasst ist.

Ich bin auf Jack zugegangen, stellte mich direkt hinter ihn, so nah ich konnte, und habe ihn umschlungen. Ich sagte: »Beten wir, dass das Glück uns gewogen ist.« In diesem Augenblick überflutete die Sonne noch immer unsere Gesichter.

Nun also, das normale Leben.

Wie in der Kindheit, wenn Mr Jansen mich begrapschte und ich mir nichts anmerken ließ.

Ich war verheiratet, ich liebte meine Frau, ich würde bald Vater werden. Es war undenkbar, dass ich in einen fünfundzwanzigjährigen Typen verliebt war.

Ich war ein Polizist ohne besonderes Format, aber eifrig und von den Kollegen geschätzt. Ich konnte keine Beziehung mit dem Zeugen einer kriminellen Handlung unterhalten, der sich in dieser Sache als der Schuldige erwies.

Jack Bell brachte die ganze Welt zum Träumen, er zeigte sich an der Seite von Schauspielerinnen oder Models, warum hätte er das Risiko eingehen sollen, seine Karriere zu zerstören, indem er sich in der Öffentlichkeit mit einem unglaubwürdigen Begleiter zeigte, umso mehr, als ihm dieses Missgeschick schon einmal passiert war?

Wir waren zur Heimlichkeit verurteilt. Später wäre noch immer Zeit, uns nach dem Sinn von alledem zu fragen.

Wir waren dazu verdammt, unverdächtig zu sein. Es kam darauf an, bei unseren Nächsten niemals Zweifel aufkommen zu lassen.

Habe ich im Nachhinein Gewissensbisse? Nein, nicht wirklich. Gewiss, ich habe Laura wehgetan, habe ihr Vertrauen mit Füßen getreten, ihre Hoffnungen zerstört, habe sie verlassen, als sie mich am nötigsten brauchte. Gewiss, ich habe das Gesetz gebrochen, meinen Beruf verraten, meine Vorgesetzten und meine Untergebenen getäuscht. Aber hatte ich eine Wahl?

Es gab nur das oder den Tod.

Wenn ich diese Geschichte nicht gelebt hätte, würde ich mich am Ende aus einem Fenster gestürzt haben, aus einem dieser vier.

Jack war nervöser als ich, was nicht verwunderlich war. Aber was ihm am meisten Angst einjagte, er hat es mir in den letzten Augenblicken gestanden, war nicht, von der Polizei entlarvt zu werden und sich für einen Mord verantworten zu müssen, es war die Aussicht, mich zu verlieren, die Ahnung, dass uns keine lange Zeit zur Verfügung stehen würde. Er wusste nicht, dass die paar Wochen, die uns gewährt wurden, ein ganzes gemeinsames Leben ausmachten, dass es unsere Aufgabe war, alles, was wir in diesen zerbrechlichen Tagen füreinander waren, festzuhalten.

Der Sommer ist wundervoll und tragisch gewesen. Jack entzog sich dem Druck der Paparazzi und den Ansprüchen der Studios, um nach Venice Beach zu kommen. Das Gesicht hinter einer Sonnenbrille verborgen, in unauffälliger Allerweltskleidung, tauchte er, unbemerkt vom Wachpersonal, in der Lobby des Hotels auf, wo ihm meine Mutter kommentarlos unseren Zimmerschlüssel aushändigte. Ich kam kurz nach ihm, für mich war es einfacher, mich freizumachen, ich gab eine Verabredung vor, ich war Herr über meine Zeit, nur McGill war über meine plötzliche Abwesenheit beunruhigt, er vermutete ein Verhältnis, ohne es mir zu sagen, ich ließ ihn in seinem Irrtum.

Wir liebten diese Dringlichkeit, dieses Geheimnis, diese Sache, die nur uns gehörte, die alle anderen ausschloss. Uns war klar, welches Risiko wir eingingen. Jemand hätte unseren Spuren folgen, uns entlarven können. Wir vertrautem unserem guten Stern. Er hat einen ganzen Sommer lang geleuchtet.

Die Untersuchung war an einem toten Punkt angelangt, aber ich wusste, unter Berücksichtigung dessen, was mir Jack berichtet hatte, besser als irgendjemand, dass es Zeugen gab, die von einem Augenblick auf den anderen auftauchen konnten: Ein »Kollege« von Billy, dem letzterer sich an einem Abend, an dem er *down* war, anvertraut hatte, ein »Bekannter« Jacks, der sich daran erinnerte, den Toten, als er noch lebte, am Rand des Swimmingpools gesehen zu haben. Es war nicht nur ein Damoklesschwert, das über unseren Köpfen hing, es war eine ganze Waffensammlung. In der Erwartung, von allen Seiten durchbohrt zu werden, wälzten wir uns glücklich und entspannt in den Laken.

Anfang August ist Saddam auf die merkwürdige Idee gekommen, in Kuwait einzumarschieren. Man wusste nicht viel über diesen Typ. Er wirkte lediglich etwas gestört. Man wäre nicht in der Lage gewesen, sein Land auf der Karte zu lokalisieren. Wir haben die Invasion nicht besonders ernst genommen. Wir nahmen im Augenblick überhaupt nichts ernst. Ich habe nur gedacht: Wenigstens haben die Zeitungen nun etwas anderes als Jack, auf das sie sich stürzen können.

Die Riesentürme von Downtown ragten in einen glühendroten, apokalyptischen Himmel. Die Menschen zu ihren Füßen waren gegangen. Man arbeitete dort, aber man lebte da nicht. Abends verließ man diese unmenschlichen Orte, man flüchtete in Häuser, die man für ruhig hielt, in niedrige Gebäude, man zog sogar die verrufenen Viertel jenem leblosen Innenstadtkomplex vor, in dem der Widerschein des Mondes etwas Metallisches und Beunruhigendes hatte. Der Golden State Freeway war eine Asphaltader, über die man flüchtete. Die Autos fuhren eilig Richtung Meer oder Wüste.

Auf der Seite des Hollywood Boulevard leuchteten die Neonreklamen in roten oder blauen Farben, für eine Handvoll Dollar priesen Kundenfänger außergewöhnliche Spektakel und spektakuläre Mädchen an, ungeduldige Passanten eilten mit großen Schritten die Bürgersteige entlang, auf der Suche nach käuflicher Liebe oder schäbigen, einsamen Befriedigungen in Privatkabinen, vergoldete Vorhänge öffneten sich diskret, um sie dort einzulassen, wo sie das zu finden hofften, was man ihnen andernorts verweigerte.

In den Vierteln mit überwiegend schwarzer Bevölkerung waren die Kinder trotz der vorgerückten Stunde noch auf, sie hingen in den Straßen herum, schlaff von der nächtlichen Hitze, und sammelten sich um ihre älteren

Brüder, die in Gruppen herumstanden und davon redeten, die Stadt anzuzünden, sich im Augenblick aber damit begnügten, heimlich Stoff auszutauschen. Etwas weiter fuhren Jungen Rollerskates in Betonröhren oder dröhnten sich mit Musik zu, die unvermeidlichen Kopfhörer auf den Ohren. Man musste die Zeit totschlagen.

Die Spanier telefonierten mit denen, die auf der anderen Seite der Grenze geblieben waren, sie sagten, Amerika habe ihnen die Chance ihres Lebens geboten, sie vergaßen, sich zu beklagen und bereiteten in aller Stille die wahre Revanche an den Weißen vor, die bald erfolgen würde. Verschwommene Musik kam aus den Fenstern, Radioapparate rauschten auf den Simsen, man konnte nur in diesem sanften Lärm einschlafen.

In Venice gingen die Nostalgiker der Flower Power, die sich in Spießbürger verwandelt hatten, an farbtriefenden Wandfresken vorbei, ohne diesen weiter Aufmerksamkeit zu schenken. Die Nacht verhüllte die Hirngespinste mittelmäßiger Künstler. Im Side Walk Café brachten Außenseiter die Welt wieder in Ordnung, indem sie an Joints zogen. Aber die Welt hatte nichts zu befürchten, sie konnte sich weiterdrehen, wie sie wollte.

Auf der Melrose Avenue waren die Schaufenster der schicken Boutiquen und der angesagten Läden mit gedämpftem Licht beleuchtet, sie beherbergten sündhaft teure Klamotten mit Etiketten internationaler Marken, Parfüm mit französischen Namen, glitzernde Uhren, aufwendigen Schmuck. Die Türen waren durch Eisengitter, Alarmanlagen und Wachhunde geschützt. Die Vergnügungen der Reichen werden keinem Risiko ausgesetzt.

In Bel Air ruhten sich die Mogule von zu langen Tagen aus, die sie dazu verwandt hatten, Kunst und Geschäft zu vermengen und lieber Verträge auszuhandeln, als das heilige Feuer der Pioniere am Brennen zu halten. Laszive Schauspielerinnen angelten sich eine Rolle in den Armen verständnisvoller Produzenten. Private Wachmannschaften patrouillierten auf den breiten Avenuen, alles war in Ordnung.

Niemand hatte Angst vor dem Erdbeben, das alle Experten voraussagten. Ebenso wenig vor den Unruhen, die ein einziger Funke würde auslösen können. Los Angeles tauchte in die Nacht ein.

Laura lag an meiner Seite, ohne Schlaf zu finden. Im Halbdunkel sagte sie: »Ich würde Jack gern wiedersehen. Warum lädst du ihn nicht mal ein?«

Ich versuchte zunächst, Zeit zu gewinnen. Gab vor, nichts gehört zu haben. Gab vor, es vergessen zu haben. Führte an, dass ich keinen regelmäßigen Kontakt mit Jack habe. Äußerte die Furcht, diese neue Einladung könne ihm lästig erscheinen. Erklärte, er sei sicher sehr beschäftigt. Mit jeder neuen Idee verlor ich an Boden. Und Laura ließ nicht locker. Bis ich unruhig wurde und mich fragte: Hegt sie etwa einen Verdacht? Ihre Hartnäckigkeit hatte wirklich etwas Beunruhigendes. Man behauptet, Frauen hätten ungewöhnliche Fähigkeiten, unverständliche Eingebungen, und ich war nahe daran, diesen Schwachsinn zu glauben.

Jedenfalls ist es ihr gelungen, mich zu überraschen. Eines Nachmittags rief mich Jack im Büro an. Er hatte gerade einen Anruf von Laura erhalten, sie hatte ihn für morgen zum Dinner eingeladen, er war so verblüfft gewesen, dass es ihm nicht gelungen war, sich aus der Affäre zu ziehen oder höflich abzulehnen, er hatte bedauerlicherweise zugesagt, er wollte mir dies vorsorglich mitteilen. Seine gestammelten Entschuldigungen haben mir ein Lächeln abgenötigt. Wenn er vor mir gestanden wäre, hätte ich ihn an mich gedrückt, wie man es mit Kindern macht, die man bei einem Fehler ertappt, auf dessen Bestrafung man verzichtet.

Abends, als ich nach Hause kam und offiziell davon in Kenntnis gesetzt wurde, habe ich die Komödie des Überraschten und Verärgerten gespielt. Dieses unvorhergesehene Dinner käme mir ungelegen. Ich brauchte Ruhe, brauchte Erholung, und da lud man mir einen Gast auf. Ich habe vermieden, es zu übertreiben, denn ich konnte ohnehin nichts daran ändern. Laura hat mir einen vorwitzigen Kuss auf die Lippen gedrückt, um mich zu besänftigen und mich vollends zu überreden. Dieser Kuss hatte einen Vorgeschmack von Selbstmord.

Ich hatte Vertrauen in unser doppeltes Spiel, war mir aber im Klaren darüber, dass es ein Spiel mit dem Feuer war. Es genügte so wenig, um sich zu verraten, um, wenn nicht entlarvt, so doch zumindest verdächtigt zu werden. Außerdem hatte das Zusammentreffen des Ehemanns, der Frau und des Liebhabers etwas Groteskes. Ich fühlte mich nicht für das Vaudeville geschaffen.

Jack, da bin ich mir sicher, hatte einen Hang zur Perversität. Diese komische Situation amüsierte ihn, selbst wenn er es niemals zugegeben hätte. Seine Bosheit war unschuldig, bar jedes Zynismus. Aber auch hierin zeigte sich das Kind. Bestimmt hatte er, als er ganz klein war, in den Ebenen von Wyoming Zündhölzer über Heuhaufen gehalten und gewettet, dass sie ausgehen würden, ehe sie ihr Ziel erreichten.

Ich hätte mich eigentlich während des Essens sehr unwohl fühlen müssen. Aber von dem Moment an, als Jack da war, sind alle meine Bedenken verflogen, und das war offensichtlich unvernünftig. Denn wenn wir nicht auf der

Hut waren, liefen wir Gefahr, entdeckt zu werden. Aber manchmal entgleiten uns die Dinge. Manchmal schließt man die Augen, um nicht zu sehen, wie die Katastrophen näherrücken.

Wir haben an diesem Abend keinen Fehler begangen. Ich will damit sagen: keine Anspielung, keine fatale Geste, keine unangebrachte Beschwörung, nichts, was die gemeinsam zugebrachte Zeit, die intime Kenntnis des anderen hätte verraten können. Ich dachte: Wir werden es schaffen, Laura wird uns nicht durchschauen. Ich täuschte mich.

In Wirklichkeit waren es nicht die Untertöne oder die Gesten, die uns verraten haben, es war ein allgemeiner Eindruck, bestehend aus extremer Zurückhaltung, Kontrolle und tiefer Komplizenschaft, der meine Frau hellhörig gemacht hatte. Sie war sich nicht sicher. Es war nur ein Zweifel, den sie nicht näher beschreiben konnte, ja, das war es: ein schrecklicher Zweifel. Eine Klinge hat sie durchbohrt, ohne dass sie den Stoß hatte kommen sehen.

Mitten in der Nacht habe ich sie im Notarztwagen ins nächste Krankenhaus gebracht. Sie klagte über fürchterliche Leibschmerzen.

Im Morgengrauen, nach Stunden des Wartens in einem fahlen Flur, kam jemand und sagte mir, das Kind sei gerettet, es grenze an ein Wunder, man habe kämpfen müssen, um es nicht zu verlieren, aber wenn die Mutter Ruhe hielte, könne man hoffen, dass es zum errechneten Zeitpunkt auf die Welt komme.

Ich habe Laura gleich in dem Zimmer aufgesucht, in das man sie gebracht hatte. Im Bett neben ihr lag eine junge Frau voller Prellungen, übersät mit blauen Malen und Wunden, ihre Unterlippe war geplatzt, eines ihrer Augenlider war angeschwollen und blutunterlaufen, ihr rechter Arm war eingegipst, es war ein entsetzlicher Anblick. Während ich Lauras Hand hielt, konnte ich nicht vermeiden, die gemarterte Frau immer wieder mit bestürzten Blicken anzuschauen. Ich dachte an Unfälle, die man zwar überlebt, denen man jedoch nur so ramponiert, so zugerichtet entkommt. Ich stellte mir das eingedrückte Dach eines zerbeulten Wagens vor, das qualmende Metallgehäuse, aus dem man den zerquetschten Körper herausgeholt hatte. Später habe ich erfahren, dass diese Frau so zugerichtet war, weil ihr Mann sie halb totgeprügelt hatte.

Laura war äußerst schwach, ihre Blässe erinnerte an einen Leichnam, jeder Ausdruck hatte sich aus ihrem Gesicht zurückgezogen. Ihre Augen waren halb geschlossen, ihre Lippen weiß, es gelang ihr nicht, die Lethargie abzuschütteln, in die sie die Beruhigungs- und Schmerzmittel versetzt hatten, sie wirkte, als liege sie im Koma, man konnte meinen, sie kämpfe langsam gegen die Schatten an. Sie erhielt Infusionen in die Armvenen. Ihr ganzer Körper wirkte schlaff. Tatsächlich hatte sie viel Blut verloren, man hatte die Blutung stoppen müssen, das hatte Zeit gebraucht.

Aber am Ende hat das Leben gesiegt.

Ich trat näher an sie heran, ich nahm ihre Hand, murmelte tröstende Worte, die sie nicht hörte. Ich habe sie arm und elend daliegen sehen. Eine unendliche Traurigkeit befiel mich. Und zum ersten Mal empfand ich Schuld. Entsetzliche Gewissensbisse. Ich dachte: Diese Geschichte mit Jack muss aufhören. Ich muss wieder Ordnung in mein Leben bringen, muss retten, was zu retten ist, muss mich in meiner Familie verankern.

Am Nachmittag des nächsten Tages ist Laura wieder zu sich gekommen. Zu dem Zeitpunkt stand mein Entschluss noch fest. Aber in Sekundenschnelle, mit einem Blick, kehrte sich alles wieder um. Mit dem Blick der hintergangenen Frau auf den schuldigen Mann. Es war wie ein kaum wahrnehmbares und dennoch sehr reales Zurückweichen. Da war kein Wort des Vorwurfs, nur dieser Blick, dieses verhängnisvolle Zögern. Sofort hat sich eine nicht wieder zu schließende Kluft zwischen uns aufgetan.

Und dann kehrten wir nach Hause zurück. An einem Sonntag. Und wir versuchten, wieder ein normales Leben aufzunehmen. Aber das war zwecklos, und wir wussten es.

Unser Schicksal war ohnehin lange vor den gefährlichen Stunden im Krankenhaus besiegelt gewesen.

Am Montag habe ich Jack im Motel wiedergetroffen (wir hatten uns seit dem unheilvollen Dinner nicht mehr gesehen). Ich kündigte ihm an, dass ich Laura verlieren werde. Und dass es mir recht geschähe.

Ende August tauchte ein Sensationsmagazin an den Kiosken auf mit einem heimlich gemachten Foto von Jack mit Mütze, Sonnenbrille und Jogginganzug auf dem Titelblatt; ein unscharfes, körniges, mit einem Teleobjektiv geschossenes Foto. Die Unterschrift erwähnte »die große Einsamkeit des Stars«. Im Innern des Blattes erfuhr man, dass die ewige Rothaarige ihn verlassen hatte. In einem Interview, das sie sich wahrscheinlich teuer hatte bezahlen lassen, erging sie sich auf seine Kosten in üblen Nachreden. Ich erinnerte mich an die Nymphe am Rand des Swimmingpools, die nachlässig ihren Badeanzug hatte heruntergleiten lassen. Hässlichkeit fand sich überall. Und besonders unter der Maske der Schönheit.

Die Rothaarige gab zu verstehen, dass der Wunderknabe von Hollywood kein sehr guter Liebhaber sei. In diesem Punkt hätte ich ihr widersprechen können, aber ich habe mich wohl gehütet. Das Foto hat mir etwas Angst eingejagt: Es war an einem Tag aufgenommen worden, an dem Jack sich mit mir getroffen hatte. Er wurde also beobachtet. Wir konnten entdeckt werden. Vielleicht waren schon kompromittierende Abzüge im Umlauf. Würde die Schmutzpresse in diesem Fall zögern, sie zu veröffentlichen? Waren wir (vorläufig?) durch eines der letzten Tabus geschützt? In diesem Beruf ohne Regeln und Ethik, der von Typen ohne Glauben und Rechtsempfinden ausgeübt wird, gibt es tatsächlich Grenzen, die nicht überschritten werden. Die Enthüllung der Homosexualität einer angesehenen Persönlichkeit ist eine geächtete Praxis. Wie lange? Was genau mussten wir befürchten?

Fest stand jedenfalls, dass wir doppelt vorsichtig sein mussten. Das unsichtbare Netz um uns wurde immer dichter. Der stille Verdacht Lauras, die Jagd der Paparazzi, die unvorhersehbaren Fortschritte der Untersuchung, alles trug zu unserer Unsicherheit bei. Diese Unsicherheit führte bei Jack zu einer Art Erregung. Das Heranrücken der Bedrohung gab ihm Auftrieb. Ich wusste nicht, ob dies das Mittel war, das er gefunden hatte, um seine Angst zu bannen, oder ob es sich wieder um einen Kindertrick handelte. Er hielt uns für Butch Cassidy und Billy the Kid vor dem Sturmangriff. Ich wagte nicht, ihn daran zu erinnern, dass das alles schlecht ausgegangen war.

Unsere Schwüre, vorsichtig zu sein, währten indessen nie lange. Es genügte, eng aneinandergepresst zu sein, um uns vergessen zu lassen, dass uns alles im Bruchteil einer Sekunde genommen werden konnte. Manchmal kam ein Touristenpaar auf die Terrasse des Motels, das uns zwischen Tür und Angel bei unseren Umarmungen und verstohlenen Küssen überraschte. Unter inquisitorischen Blicken kehrten wir in unser Zimmer zurück.

Jack hatte mir ebenfalls berichtet, dass seine Agentin, eine mit Vitaminen überfütterte Paula, einen ernsthaften Verdacht hegte. Das wiederholte Fernbleiben, die Geheimnistuerei am Telefon, die ausweichenden Antworten hatten vollends genügt, die Aufmerksamkeit einer Frau zu erregen, die ohnedies zur Paranoia neigte. Sie hatte ihn offen darauf angesprochen. Er hatte wütend geleugnet, ohne sie überzeugen zu können. Er war sich sicher, dass sie fähig war, ihn von einem Privatdetektiv überwachen zu lassen, um Gewissheit zu erhalten. Behauptete sie nicht den lieben langen Tag, sie schütze ihn vor sich selbst und vor seinen »Dämonen«? Aber was wusste sie tatsächlich von seinen Dämonen?

Noch heute frage ich mich, wie es uns gelungen ist, so lange, und ohne uns der Gefahr richtig bewusst zu sein, auf dem Vulkan zu tanzen.

Den Gnadenstoß erhielten wir in den ersten Septembertagen. Der Sommer ging zu Ende. Wir hätten ohnehin bald zu tanzen aufgehört.

Die Burbanks sind am 7. September aus den Ferien zurückgekehrt. Sie hatten sich seit Juni in Europa aufgehalten. Die Milliardäre brauchen die goldenen Exile auf dem alten Kontinent, sie haben das Gefühl, ihre Besitzungen zu besuchen, und wenn sie wieder zu Hause sind, lieben sie es, sich bei den Abendgesellschaften an ihren Müßiggang in den von Olivenbäumen umstandenen toskanischen Villen zu erinnern, an die Stunden, die sie auf dem Deck eines im Mittelmeer ankernden Vergnügungsschiffes verbrachten, oder an die Sommeraufenthalte an der Côte d'Azur. In ihren Briefkästen haben sie ein offizielles Dokument der Polizei von Los Angeles vorgefunden, in dem sie aufgefordert wurden, die Aufzeichnungen ihrer zahlreichen Überwachungskameras abzuliefern. Als gute Amerikaner sind sie der Anordnung widerspruchslos gefolgt.

Auf einem der Bänder sieht man ziemlich deutlich, wie ein Mann eine Leiche durch die Wagentür in sein Auto schiebt. Das Gesicht des Mannes ist nicht zu erkennen: Eine heruntergeklappte Sonnenblende und das Dämmerlicht verhindern die Identifizierung. Dafür ist das Nummernschild gut lesbar. McGill hat keine fünf Minuten gebraucht, um den Besitzer herauszufinden. Ein Mann namens Jack Bell. Bingo.

Ich erinnere mich sehr genau an den Augenblick, als der Ire an jenem Tag in mein Büro gekommen ist. Sein Gesichtsausdruck war gleichzeitig ernst und verwirrt. Noch ehe er irgendein Wort gesagt hatte, ahnte ich, was er mir gleich mitteilen würde. Er hat die Tür hinter sich geschlossen, damit uns niemand stört, damit niemand unsere Unterhaltung hört. Ich bin ihm sehr dankbar, dass er nicht dick aufgetragen hat. Seine Knappheit in den Minuten der Entdeckung war beispielhaft. Ich hatte allen Grund, den größten Respekt vor ihm zu haben.

Nie, wenn ich versucht habe, mir auszumalen, was uns, Jack und mich, zu Fall bringen könnte, habe ich an ein Videoband gedacht. Ich glaubte, irgendwann würde ein Zeuge erscheinen oder ein Erpresser auftauchen. Es musste zwangsläufig ein paar Jungen geben, die in die Liebschaften Billy Greenfields eingeweiht waren. Aber keiner hat geredet. Keiner hat versucht, Kapital daraus zu schlagen. Die Parias haben ihre eigenen Regeln: Man paktiert nicht mit der Polizei, man sucht keinen Ärger, man bleibt in Deckung. Und es gehört zweifellos zum Berufsrisiko, von einem Kunden, der in Panik gerät, kaltgemacht zu werden. Der Schlag kam nicht von dort, woher ich ihn erwartete.

McGill hat sich nicht vorstellen können, dass ich eine Beziehung zu Jack unterhalte. Das lag ihm zu fern, es entsprach nicht seinem Denkschema, und das verstehe ich. Er hatte jedoch festgestellt, dass jemand seit Wochen meine Gedanken in Beschlag nahm. Er war sich außerdem sicher, dass ich noch mit Jack in Verbindung stand, kleinste Indizien hatten ihn hellhörig gemacht, abgebrochene Telefonate, gekritzelte Notizen, die Indiskretion einer Telefonistin, die sich rühmte, mit Jack Bell gesprochen zu haben, er war nicht umsonst Polizist. Dennoch hatte er zwischen diesen beiden Fakten keine Verbindung hergestellt. Als er das belastende Video angesehen hatte, war ihm plötzlich alles klar geworden. Er konnte nicht sagen, warum. Es war ihm wie Schuppen von den Augen gefallen. Dann hatte er die Geschichte vor sich ablaufen lassen.

Selbstverständlich hatte er keinen Beweis für unser Abenteuer, aber es war, als brauchte er keinen. Als habe er auf seine Weise die irrationale Notwendigkeit dessen, was mich an Jack band, einkalkuliert. McGill hat nicht das geringste moralische Urteil von sich gegeben, hat nicht eine einzige Frage gestellt, keine Erklärung verlangt. Er hat sich damit begnügt, die Tatsachen in ihrer entsetzlichen Nacktheit, ihrer erschlagenden Wahrheit darzustellen. Ich habe ihm zugehört, ohne mit der Wimper zu zucken. Ich frage mich noch heute, woher ich die Kraft nahm, nicht zusammenzubrechen. Ich vermute, es war die fürchterliche Gelassenheit meines Gesprächspartners, die mir dabei half.

Er sagte zu mir: »Noch weiß niemand davon. Du bist der Erste, den ich über diese Entdeckung informiere. Wir werden Jack Bell vernehmen müssen. Wenn er wirklich der Fahrer des Wagens ist, dann geht es ihm an den Kragen.« Er hat kurz innegehalten und schließlich hinzugefügt: »Ich glaube, es ist besser, wenn ich die Befragung vornehme.«

Mein Blick haftete auf meinem Partner, aber es war ein blinder, glasiger Blick. Und er war auf jeden Fall nicht ängstlich. Nein, ich bin nicht in Panik oder in Verzweiflung geraten. Fast von Anfang an habe ich kommen sehen, dass diese Situation eintreten würde. Ich nahm den Ausgang wie eine Schicksalsfügung an. Und mir war bewusst, dass jeder Kampf nutzlos war. Der Versuch, McGill zu überreden, diese neue Tatsache zu unterschlagen und die Untersuchung fallen zu lassen, wäre vergeblich gewesen. Er war zu gewissenhaft. Und zu unbestechlich. Im Grunde war er wohl ein wenig traurig.

Ich bin zum Fenster zurückgegangen, starrte den Boulevard unter mir an, das sanfte Wiegen der Palmzweige im wunderbaren Nachmittag und den gleichmäßigen Strom der Wagen. Ich murmelte nur: »Ich bitte dich um eine Stunde.«

Einmal mehr hätte ich in diesem Augenblick wenn nicht die Ehre, so doch wenigstens das, was noch zu retten war, retten können. Umso mehr, als ich mich in den kleinen Arrangements der Polizei auskannte. Wenn einer von uns ein wenig zu eng in eine Sittengeschichte oder in kleinere Machenschaften verwickelt ist, unternimmt man das Erforderliche, damit nichts davon an die Öffentlichkeit gelangt. Man schließt die Augen. Man rät dem Typ einfach, woanders hinzugehen, und für gewöhnlich macht er das ohne weitere Diskussion, völlig zufrieden darüber, so glimpflich wegzukommen. Gewiss, in diesem Fall handelte es sich um einen Mordfall, also um einen wesentlich schwereren Fall, aber in diesem Stadium kannte man den Grad meiner Verwicklung noch nicht, und man konnte sogar annehmen, dass ich nichts von Jacks Schuld wusste. Eine Beziehung mit einer verdächtigen Person zu unterhalten, war kein Vergehen, höchstens ein Missgriff. Ich konnte zudem darauf bauen, dass Jack mich nicht in die Sache hineinziehen würde, dass er mich sogar entlasten würde, wenn man ihn etwa zu eingehend befragte oder versuchte, die Wahrheit aus ihm herauszupressen. Ja, in diesem Moment wäre es mir noch möglich gewesen, aus der Sache herauszukommen.

Aber das wäre schlimmer gewesen als Verrat, schlimmer sogar als Feigheit. Wenn ich Jack aufgegeben hätte, würde ich alles, was wir gelebt haben, verleugnet, alles, was uns verband, mit Füßen getreten und eingestanden haben: Diese Liebe ist weniger wert als meine eigene Zukunft. Das war undenkbar. Ich habe es nicht in Betracht gezogen.

Später hat man aus Sarkasmus oder Verachtung behauptet, ich hätte einer absurden romantischen Stimmung nachgegeben. Aber diejenigen, die dies in die Welt setzten, haben nichts, gar nichts von dem verstanden, was sich zwischen Jack Bell und mir abgespielt hat. Sie haben nichts als eine Sexstory oder eine verrückte und schmutzige Geschichte darin gesehen. Sie haben uns einfach verdammt, ohne sich die Zeit zu nehmen, uns zu richten, haben uns bespuckt, ohne uns das Almosen zu gönnen, sich für uns zu interessieren. Wir waren das Symbol für alles, was sie verabscheuten. Das, was sie sagen oder denken mochten, war für mich ziemlich egal.

Ich habe Jack zu Hause angerufen.

Ich teilte ihm mit, dass wir den Beweis für seine Schuld hätten.

Dass die Polizisten in knapp einer Stunde bei ihm sein würden, dass sie kämen, um ihn festzunehmen.

Ich sagte zu ihm: »Das bedeutet mindestens zwanzig Jahre Gefängnis. Vielleicht den elektrischen Stuhl.«

Ich fügte im selben Atemzug hinzu: »Es ist noch Zeit zur Flucht.«

Es ist geschehen. Ich habe den Eid, den ich am Tag meines Eintritts in die Polizei abgelegt habe, mit Füßen getreten. Habe das Abzeichen, das ich trug, in die Gosse geworfen.

Und das Vertrauen von McGill missbraucht, der mich nie betrogen hatte. Ich zögerte nicht eine Sekunde.

Ich erinnere mich an Jacks Schweigen, als wir telefonierten. Ich hörte nur seinen Atem. Ich ahnte den Schock, die Verzweiflung, den Zusammenbruch der Welt. Ich wäre gern bei ihm gewesen, um ihn zu halten, zu umarmen, aber ich hatte den schnellsten Weg gewählt: Die Zeit war knapp, man musste rasch handeln, wenn ich ihn aufgesucht hätte, wären kostbare, vielleicht entscheidende Minuten verloren gegangen. Aber diese Distanz zwischen uns war nicht auszuhalten. Es war unerträglich, in einem solchen Moment getrennt zu sein. Ohnmacht und Kummer drückten mich nieder. Ich stellte mir das schöne Gesicht Jacks vor, vollkommen bleich, seinen zerbrechlichen Körper, das Blut, das in seinen Schläfen pochte, das Klopfen seines Herzens, seine Einsamkeit. Ich sagte: »Wir treffen uns im Motel.«

Einige Sekunden sind verflossen, und er hat nur mit einem, wie ich mir vorstellte, gezwungenen Lächeln geäußert: »Also wie Butch Cassidy und Billy the Kid?«

Dass man mich nicht missversteht: Diese letzte Begegnung habe ich ihm nicht aus Mitleid vorgeschlagen. Sondern aus Liebe.

Ich sage: *letzte Begegnung*, aber ich wusste zu diesem Zeitpunkt nicht, dass es die letzte sein würde. Gewiss, ich ahnte, dass wir nicht mit heiler Haut davonkommen würden. Vor der Polizei kann man nicht lange fliehen. Sie findet dich immer, wenn sie sich entschließt, dich zu jagen. Und wenn jeder dein Gesicht kennt, hast du praktisch keine Chance, ihr zu entkommen, es wird sich immer jemand finden, der dich erkennt und verpfeift. Aber ich wollte noch daran glauben, obwohl alles dagegen sprach.

Jack selbst sah klar: Es würde uns gehen wie den beiden Cowboys, das Haus würde umstellt werden, die Gewehre würden geladen und auf uns gerichtet sein, und man würde uns auffordern, uns zu ergeben.

Ich war merkwürdig ruhig. Ich habe mechanisch die Akten auf meinem Schreibtisch geordnet, die Stifte an ihren Platz gelegt, den Raum prüfend überblickt. Meine Bewegungen waren methodisch. Ich habe zunächst in Betracht gezogen, Laura anzurufen, dann aber darauf verzichtet. Ich hatte nicht genügend Zeit, um ihr die Geschichte zu erzählen, ich beabsichtigte nicht, ihre Einwilligung zu erbitten, nichts wäre geeignet, die Heftigkeit des Schlages zu mildern, wozu also reden? Höchstens um ihr Adieu zu sagen. Das war nicht meine Art.

Ich habe darauf gewartet, dass die Einheit sich in Bewegung setzt, habe den Aufmarsch der Männer im Hof gesehen, das hektische Ballett der Uniformen, McGill hat mir einen Blick zugeworfen, er war sich sicher, dass ich hinter meinem Fenster stand, die mit Blaulicht versehenen Fahrzeuge haben die Sirenen in voller Lautstärke eingeschaltet, die Schar ist losgejagt, der Lärm hat sich entfernt, er wurde rasch zu einem dumpfen Grollen in der gefährlichen Stadt. Ich verließ diesen Ort und machte mich auf den Weg nach Venice Beach.

Unterwegs habe ich die Hügel von Bel Air gesehen, ich dachte an die alterslosen Frauen, die dort wahrscheinlich am Rand der Swimmingpools oder hinter den weißen Holzzäunen in der Sonne badeten, und die Sorglosigkeit der Reichen hat mich befremdet. Ich betrachtete die Palmen, die Zypressen, die Orangenbäume, und die Gleichgültigkeit der Natur angesichts der Torheit der Menschen erfüllte mich mit Neid. Zweifellos würde ich alles verlieren, was ich besaß. Ich trat aufs Gaspedal.

Ich habe nicht die Bilder der letzten Wochen an mir vorbeiziehen sehen. Nicht jene Visionen gehabt, die uns, wie es scheint, überfallen, wenn der Tod naht. Nein, ich habe nicht den Film im Zeitraffer vor mir ablaufen lassen. Im Gegenteil, ich habe in meinem Kopf Leere geschaffen, habe alles hinausgeworfen, was ihn überfüllte, allen Ballast abgeworfen, mich von jedem bösen Gedanken befreit. Und das war wohltuend, diese Entblößung, diese Preisgabe.

Ich stellte den Wagen auf einem Parkplatz etwas abseits von Sunset Terrace ab, damit man uns nicht sofort findet, und ging den Rest des Weges zu Fuß. Ich zog meine Schuhe aus, der Sand unter meinen Füßen war heiß. Ich dachte: Was für ein schöner Tag!

Meine Mutter sah mich scharf an, als ich das Hotel betrat. Sie stand wie gewöhnlich hinter dem Tresen, aber sie war aschfahl, in ihrem Gesicht zeigte sich so etwas wie eine resignierte Bestürzung. Ich weiß, dass dies ein Widerspruch zu sein scheint, und dennoch war es genau das: eine von Schicksalsergebenheit geprägte Angst. In dem Augenblick wusste sie nicht, was sich da zusammenbraute, aber sie hatte Jack eine halbe Stunde vorher ankommen sehen. Sie hatte ihn begrüßt, wie sie es immer tat, ich glaube, zwischen ihnen hatte sich kein Einverständnis, aber eine Art Duldung eingestellt. Und er war regungslos vor ihr stehen geblieben, unfähig, ein Wort zu sagen, seine Lippen zitterten, sein Blick war verzweifelt, und sie, wie erstarrt durch eine derartige Verwirrung, war schließlich um den Tresen herumgekommen, war auf ihn zugegangen, hatte mehrmals gefragt: »Geht es gut?«, ohne dass er darauf geantwortet hätte, und da hatte sie ihn an sich gepresst, wie eine Mutter es mit ihrem Sohn macht, sie hatte sein Herz wie wild schlagen hören, sie hatte ihn noch stärker an sich gepresst, aber das hatte nichts geändert, und als sie sich daran erinnerte, dass man die Menschen nicht retten kann, dass man sie nicht daran hindern kann, ihren Wagen in der Haarnadelkurve in die Nacht hinausfliegen zu lassen, hatte sie den Druck gelockert. Jack war mit hängenden Armen stehen geblieben. Einige Augenblicke später, als sie wieder zu sich gekommen war, kehrte sie hinter ihren Tresen zurück, um dort auf die Ankunft ihres Sohnes zu warten. Und nun war ich da, merkwürdig ruhig, aber sie kannte meine zur Schau getragene Kälte angesichts von Katastrophen, sie hoffte, dass ich dem Drama standhalten werde. Sie hat mir einen ängstlichen und liebevollen Blick zugeworfen, mit dem sie versuchte, mir zu bedeuten, dass sie, was auch immer geschehen würde, auf meiner Seite wäre. Wir haben kein Wort miteinander gesprochen.

Ich stürzte die Treppe hoch und stieß die Tür von Zimmer 401 auf. Jack stand mit dem Rücken zu mir zwischen den geöffneten Vorhängen am Fenster in der Sonne. Er rührte sich nicht, er wusste, dass ich es war. Ich ging langsam zu ihm hin, betrachtete seinen Nacken. Traurigkeit drückte meine Schultern nieder, der vollkommene Widerhall seiner Traurigkeit, die ich spürte und die den ganzen Raum überflutete, wir waren die Verdammten.

Ich habe meine Hand in seine gelegt, wie Paare es machen, wenn sie in den Parks spazieren gehen, oder Liebende, wenn sie in der Nacht untertauchen, und da wandte er den Blick vom Pazifik langsam ab, er sah mich an, und in seinen Augen lag so viel Elend und so viel Liebe, es war beinahe unerträglich.

Man hätte meinen können, er suche, sich zu entschuldigen, er bitte um Entschuldigung für diesen vorhersehbaren Ausgang, er hätte gewollt, dass es mit uns länger dauere, dass es für immer dauere, und nun sei es schon fast zu Ende, weil er eine Dummheit begangen habe, für die er nun bezahlen müsse, und ich versuchte, ihm zu erklären, dass wir uns ohne diese Dummheit niemals getroffen hätten. Ein Mann war tot, und zwei andere waren gegeneinandergeschleudert worden, es war ein unerwarteter und heftiger Zusammenstoß, er hatte ein Wunder hervorgebracht. Der Mann war nicht umsonst gestorben.

Aber alle Erklärungen der Welt hätten nichts gegen seinen Kummer vermocht. Alle Rechtfertigungen wogen nicht, angesichts des Gefühls der Vergeudung. Und vor allem wären sie ohne jeden Nutzen für die Überwindung der bevorstehenden Trennung gewesen. Jack war untröstlich über das herannahende Unheil. Ich murmelte: »Ich nehme das ganze Leid, das kommt, hin, weil ich das ganze Glück gehabt habe.« Sein Blick wurde feucht, und sein Mund zeigte ein schwaches Lächeln. Ich habe einen Kuss auf dieses Lächeln gedrückt.

Ich glaube, in diesem Moment hat Jack beschlossen zu sterben.

Die Polizei hat zwei Tage gebraucht, um uns zu finden. Zwei Tage, die wir in dem Zimmer zubrachten, ohne es auch nur einmal zu verlassen, ohne daran zu denken, eine Flucht zu organisieren. Dabei gab es einen denkbaren Ausweg: den Versuch, Mexiko unerkannt zu erreichen, die Grenze heimlich zu überschreiten, um der Verfolgung zu entkommen, in der Hoffnung, unsere Freiheit im Exil zu erlangen. Ja, das war möglich. Riskant, unsicher, aber möglich. Es war keine lange Strecke, nur wenige Dutzend Meilen, das Schwierigste wäre, sich nicht an der Grenzstation fassen zu lassen, aber man konnte auf die Müdigkeit der Zollbeamten bauen, auf ihre mangelnde Wachsamkeit. Ohne es auszusprechen, ahnte ich, dass unsere Fahndungsfotos zweifellos bereits in Umlauf gebracht worden waren – McGill war ein guter Polizist –, aber die Landesgrenzen haben manchmal undichte Stellen, und das Glück konnte uns gewogen sein. Aber als ich diese Möglichkeit andeutete, tat Jack sie mit einer Handbewegung ab. Diese spontane, unnachgiebige, kategorische Weigerung hat mich aus der Fassung gebracht. Ich hatte noch nicht begriffen, dass er sich entschieden hatte, Schluss zu machen.

Um seiner strikten Ablehnung zu begegnen, erklärte ich, dass es uns in keiner Weise weiterhelfe, wenn wir uns in einem Motel versteckten, dass man uns dort zwangsläufig entdecken würde, dass wir mit diesem Fluchtversuch eine zwar minimale, aber nicht zu unterschätzende Chance hätten. Ich war mir völlig im Klaren, wie riskant eine solche Flucht sein würde, aber ich wollte sie wagen, weil ich mich nicht damit abfinden wollte, dass uns nur eine kurze Zeit blieb, weil ich mich nicht an den Gedanken gewöhnen konnte, Jack zu verlieren, weil mir alles einer verhängnisvollen Haft vorzuziehen zu sein schien. Ich erinnere mich sogar, gemurmelt zu haben, dass eine Flucht etwas Romantisches habe – jedes Argument war gut –, aber Jack hat, ohne mir zu antworten, nur gelächelt. Er fand, die Romantik bestehe darin, den Tod zu erwarten, vielleicht sogar, ihm zuvorzukommen.

In Wirklichkeit liebte er die Vorstellung, dass unser Abenteuer in einem Hotelzimmer in dem Motel in Monterey begonnen hatte und dass es in einem Hotelzimmer in der Nähe von Venice Beach endete. Oder vielmehr: Diese Idee war in dem Zustand der Verwirrung und Verzweiflung, in dem er sich befand, wie ein Ankerplatz, ein sicherer Ort und ein Balsam.

Von einem Schwall unausgesprochener Angst ergriffen, begann ich den absolut tragischen Charakter unserer Lage zu erkennen, und ich schaffte es nicht, mir diese Idee der Rückkehr an unseren Ausgangspunkt als logischen Epilog zu eigen zu machen. Unsere Geschichte war ohne Logik, im Guten wie im Schlechten.

Eines stand fest, wir waren Schiffbrüchige, die sich an ein schwimmendes Stück Holz klammerten, an das Gerippe eines zerschellten und untergehenden Bootes, und die, in feindlichen Gewässern hin und her geworfen, nicht einmal mehr auf Rettung hoffen konnten, weil diejenigen, die kommen würden, um uns zu suchen, unsere Köpfe unter Wasser drücken würden.

Was also tun? Sich lieben. Für die Zeit, die uns gewährt wurde und deren Ende wir nicht kannten. Sich lieben, in Kenntnis des Ausgangs, aber nicht der bewilligten Frist. Diese achtundvierzig Stunden waren auf ihre Art die schönsten in meinem Leben.

Und wie soll ich die Sanftheit schildern? Wie die Zartheit und das Zögern? Man benötigte zweifellos Worte, über die ich nicht verfüge, Ausdrücke, die mir fehlen, Bilder, die ich nicht malen kann, treffende Adjektive. Man benötigte vor allem Schweigemomente, wortlose Geständnisse, jene Kleinigkeiten, die alles bedeuten. Man müsste jedem Verstehenwollen, jeder Absicht abschwören, um alles nur im Affekt nachzuempfinden, nachzuerleben. Man dürfte auch keine Angst vor einem Mangel an Schamgefühl haben oder aber einen Weg finden, sich, ohne schamlos zu sein, zu erkennen zu geben, sich zu stellen. Ich habe hier die drastischen Momente geschildert, die hungrigen, dargebotenen, erschöpften Körper, ich habe die beißenden Münder, die erregten Hände, die verschmelzende Haut, die sich verknotenden Arme, die stoßenden Lenden, die eindringenden Geschlechtsteile geschildert, ich habe dies ohne Tabu, ohne Rücksichtnahme getan, damit man die Raserei versteht, ich leugne nichts, ich würde diese Dringlichkeit, diese Notwendigkeit auf dieselbe Weise wieder beschreiben, aber hier, in den Stunden in Venice Beach, handelte es sich um etwas anderes, das vielleicht mit Gnade und Verzweiflung zu tun hat.

Und nun muss ich von dem Augenblick sprechen, den Jack gewählt hat, um zu gehen. Und ich muss gestehen, dass mich seine unglaubliche Vorahnung Monate später noch immer beschäftigt. Dass mich der zeitliche Zusammenfall des Eintreffens der Polizei und seines Todes noch immer schaudern lässt.

Es war am Nachmittag des zweiten Tages, um die Zeit, wo es kühler wird und die Leute sich allmählich überlegen, den Strand zu verlassen, aber es ist noch nicht Abend, in der Luft hält sich irgendetwas Süßes, der Pazifik scheint sich ein wenig zu beruhigen, diese Augenblicke der Schwebe bevorzuge ich. Wir hatten uns in die Laken gerollt, Jacks Hand wanderte langsam über meinen Oberkörper, sein Kopf lag neben dem Kissen, der Ventilator verteilte eine schwüle Hitze. Wir bemühten uns zu vergessen, was uns bevorstand, wir redeten fast nichts mehr, wir hatten die schönste jeder möglichen Ruhe erlangt, hatten die Kapitulation der Selbstmörder erreicht. Jack hat sich aufgerichtet, hat mich lange mit einem halben Lächeln angesehen, in Wirklichkeit schrieb er mein Gesicht in sein Gedächtnis ein, ohne dass ich es bemerkte, er sagte nur: »Ich werde ein Bad nehmen, schlaf ein wenig, wenn du willst.«

Ich bin sicher, dass er keinerlei Feierlichkeit in diese wenigen, beiläufigen Worte hat einfließen lassen, er wusste genau, dass es die letzten waren, er hat keine Anspielung darin untergebracht, er wollte mir nicht Adieu sagen, er ist auf leisen Sohlen gegangen, ohne Drama, ohne herzzerreißenden Abschied. Im Nachhinein bin ich ihm dankbar dafür. Er hat ein theatralisches oder chaotisches Ende in Form eines Zusammenbruchs vermieden. Er hat mir böse Erinnerungen erspart.

Ich hörte, wie das Wasser in die Badewanne floss, die Müdigkeit hat über die Wachsamkeit gesiegt, und ich bin eingeschlafen. Vielleicht eine Stunde später haben mich die Polizeisirenen schlagartig aufgeweckt. Sie brachen über unser Versteck herein, über uns herein, und sie heulten unter uns. In einer Sekunde rissen sie mich aus der Feuchtigkeit des Schlafs. Ich dachte: »Nun ist es zu Ende, wir werden nicht weitergehen.« Ich dachte an Butch Cassidy und Billy the Kid. Ich machte einen Satz aus dem Bett und rannte zum Badezimmer. Als ich die Tür aufstieß, sprang mir das Rot in die Augen.

Jack schlief in dem von seinem Blut rot verfärbten Wasser, der Kopf hing über dem Rand. Ich habe ein Rasiermesser auf den schwarz-weißen Fliesen liegen sehen. Ich habe mir die an den Handgelenken durchtrennten Adern vorgestellt. Jack hatte einen merkwürdig friedlichen Gesichtsausdruck. Und jenes leichte Lächeln, das er mir gezeigt hatte, als er mich verließ. Ich hatte nicht die Zeit, zu ihm hinzugehen. Die Polizisten haben mich festgehalten und mir im Rücken Handschellen angelegt.

All dieses Rot. Kann man es eines Tages vergessen, all dieses Rot?

Jetzt, wo er gegangen ist, gibt es zwei oder drei Dinge, über die ich Gewissheit erlangt habe.

Wir hätten uns nie begegnen dürfen. Man verstehe mich richtig: Ich bedauere nicht, dass wir uns begegnet sind, ganz im Gegenteil. Was ich sagen will, ist: Wir waren darauf programmiert, uns nicht zu begegnen. Unsere Welten waren ohne Schnittstellen. Alles trennte uns. Alles hielt uns auf Distanz. Nur ein verrückter Unfall war imstande, uns zusammenzubringen. Der gewaltsame Tod von Billy Greenfield ist ein verdammter Unfall gewesen.

Wir sind zusammengestoßen wie zwei in voller Geschwindigkeit auf demselben Gleis aufeinander zurasende Züge. Ja, wir sind zusammengeprallt. Die Wucht war spektakulär. Sie konnte nur tödlich sein. Das Problem ist, dass ich überlebt habe.

Unsere Liebe hatte kaum begonnen. Ja, kaum begonnen. Alles ist uns zu schnell entzogen worden. Wir hatten noch so viel vor uns. Ein ganzes Leben vielleicht. Eine vollkommene Liebe, warum war das zu Ende?

Ich versuche zu lernen, ohne ihn zu leben. Jeden Tag versuche ich es. Ich schwöre Ihnen, dass ich es versuche. Es gelingt mir nicht.

Von dem, was nach seinem Selbstmord passiert ist, habe ich nur noch eine schwache Erinnerung zurückbehalten. Vor allem ist das labile Gleichgewicht meiner Existenz im Lauf dieser Septembertage zusammengebrochen.

Laura hat mich wissen lassen, dass ich ihr nie mehr unter die Augen kommen solle, sie hat ihren Entschluss im Bruchteil einer Sekunde gefasst, sie brauchte nicht lange zu überlegen, ich verdenke es ihr nicht, an ihrer Stelle hätte ich es genauso gemacht, sie hat mich weggejagt, ohne die Stimme zu erheben, mit etwas Trauer vielleicht und einem Gefühl der Verbitterung. Sie ist mit dem ungeborenen Kind gegangen, das ich nie gesehen habe.

Meine Vorgesetzten waren bereit, eine exemplarische Strafe gegen mich zu verhängen, und ich war bereit, sie zu akzeptieren, ich war sogar bereit, ins Gefängnis zu gehen, das war eine gerechte Bestrafung, ich hatte einen Mörder geschützt, ich war sein Komplize geworden, aber McGill hat es verstanden, alle davon zu überzeugen, dass ein Skandal in niemandes Interesse liegen könne. Die Polizei von Los Angeles litt ohnehin unter einem üblen Ansehen, warum sollte man dies noch mehr trüben, wo man die Affäre doch vertuschen konnte? Mein Name wurde also schlicht und einfach aus den Notizen gestrichen. Ich war Jack Bell nie begegnet, dieser war folglich allein gewesen, als er sich, erdrückt von Gewissensbissen, in einem Hotelzimmer das

Leben nahm, alle haben die alberne Version geschluckt, das war nicht besonders schwer, mein Fall interessierte niemanden, der gefallene Star, der in seinem Blut badete, zog die ganze Aufmerksamkeit, das ganze Scheinwerferlicht auf sich.

Ich glaube, in Wirklichkeit hat McGill vor allem aus Freundschaft gehandelt, das mögliche Aufsehen war ihm völlig egal, aber er wollte nicht, dass ich zur Beute würde, wollte keine Meute an meinen Rockschößen, dieser Gedanke tat ihm weh. Eingedenk der gemeinsam verbrachten Jahre, die nicht schlecht gewesen waren, hat er mich vor Niedertracht und Gewalttätigkeit bewahrt.

Außerdem glaube ich, dass er, selbst wenn wir nicht die Gelegenheit gehabt haben, darüber zu reden, weil ich ihn nicht mehr gesehen habe, der Einzige war, der verstanden hat, was sich zwischen Jack und mir abgespielt hat, die Reinheit, die Raserei der Geschichte.

Er empfand nicht den Ekel, den die Handvoll derer, die ins Vertrauen gezogen worden waren, zeigten. Und er dachte bestimmt, dass ich deren Verachtung nicht verdiente.

Man verlangte, dass ich meine Marke zurückgebe und mich ruhig verhalte. Der Blick desjenigen, der mich entlassen hat, zeigte eine unvergessliche Verachtung.

Man riet mir, die Stadt zu verlassen, und das habe ich getan. Im Frühjahr bin ich heimlich zurückgekommen, weil mir das Fernsein keine Ruhe gebracht hatte. Mir ist klar geworden, dass ich mit meinen Gedanken immer hier war. Das Einzige, was mich an die Welt bindet, befindet sich hier.

Ich lebe nun in einer möblierten Wohnung auf dem Slauson Boulevard. Ich verhalte mich so, dass nicht über mich geredet wird und dass ich keiner der Personen aus meinem alten Leben über den Weg laufe. Es gelingt mir sehr gut, Los Angeles ist so weitläufig.

Die Zeitungen habe ich in der Zeit nicht gelesen, aber ich wusste, dass Jacks Foto darin prangte und immer wieder reproduziert wurde und dass der Bericht der Affäre ganze Seiten einnahm. Und dann hat Saddam sie wieder gefüllt, und ein Orkan hat dutzendweise Opfer gefordert, gute Amerikaner sind ums Leben gekommen, und Jack ist von der Titelseite verschwunden. Eine aktuelle Nachricht hat die nächste verdrängt, die Dinge haben sich langsam beruhigt. Billy Greenfields Eltern haben zu trauern begonnen, ohne Zorn, voller Resignation. Alles ist wieder zur gewohnten Ordnung zurückgekehrt. Geblieben sind zwei Gräber, das des Jungen, den man ausgestreckt im feuchten Gras gefunden hatte, und das des vom Sockel gestürzten Idols, mit dem Blumenschmuck der trauernden Fans, der, je mehr Zeit verging, immer unansehnlicher wurde.

Jetzt ist Sommer. Der Strand von Venice Beach ist überfüllt, Kinder spielen lachend Fangen, Surfer stürzen sich kühn den riesigen Wellen entgegen, Frauen und Männer sonnen sich, meine Mutter steht hinter dem Tresen von Sunset Terrace, sie wehrt gutmütig die Touristen ab, die das Zimmer sehen wollen, in dem sich das Drama abgespielt hat, mein Sohn wächst ohne mich auf, das Leben geht weiter. Wenn der Nachmittag zu Ende geht, bin ich manchmal auf der Mole. Meistens ist die Luft milde und duftet eigenartig. Aber für mich ist nichts mehr wie vorher. Diese Süße, diese berauschende Süße der pazifischen Sommer tut mir unglaublich weh.